陈珑······著

拾穗集

百花洲文艺出版社
BAIHUAZHOU LITERATURE AND ART PRESS

图书在版编目（CIP）数据

拾穗集 / 陈珑著. -- 南昌：百花洲文艺出版社，2019.3
ISBN 978-7-5500-3074-9

Ⅰ.①拾… Ⅱ.①陈… Ⅲ.①诗集－中国－当代 Ⅳ.①I227

中国版本图书馆CIP数据核字(2018)第248068号

拾穗集

陈 珑 著

出 版 人	姚雪雪
责任编辑	刘 云
书籍装帧	张诗思
制 作	周璐敏
出版发行	百花洲文艺出版社
社 址	南昌市红谷滩新区世贸路898号博能中心A座20楼
邮 编	330038
经 销	全国新华书店
印 刷	南昌三联印务有限公司
开 本	710mm×1000mm 1/16 印张 13
版 次	2019年5月第1版第1次印刷
字 数	160千字
书 号	ISBN 978-7-5500-3074-9
定 价	29.00元

赣版权登字 05-2018-462

邮购联系 0791-86895108
网 址 http://www.bhzwy.com
图书若有印装错误，影响阅读，可向承印厂联系调换。

在秋日的田野上
低头捡着被丰收遗忘的稻穗
泥土中
它们的身上仍有太阳的光辉

——题记

生如夏花：陈珑的箴言诗

陈 政

陈珑要出书：《拾穗集》。看罢，一个句子蹦了出来：

"生如夏花之绚烂，死如秋叶之静美。"

很美的句子，仿佛从"生如夏花"的园子里生长出来。

《生如夏花》是印度著名诗人泰戈尔写的诗歌，收在《飞鸟集》中。诗歌语言清丽，意味隽永，将抒情和哲思完美结合，给人以无尽美感和启迪。

在我看来，陈珑的《拾穗集》，与泰戈尔的《生如夏花》虽然不能同日而语，却有异曲同工之妙。

我们知道，独木不成林，独石不成林，独句亦不成林。

但，陈珑偏偏让那些似乎形单影只的句子，成了林。

什么东西多了，密了，自然就会成林。拾穗拾得多了，铺陈开去，便成了一处粮仓；树立起来，便是一片森林。

好东西一般都在作者放松的状态下出现。紧张的时候不会有好作品，做作的时候也不会有好作品，只有放松的状态下才会有神来之笔。陈珑把他进入神思陌路的时候定位为拾穗。拾穗的状态是身心完全放松的状态，所以，《拾穗集》中多神来之笔。

其文含蓄而渊深，给人以空山觅句、中江步月之感。

亦如品茶。一杯雀舌如秋阳穿过松针，不温不火，不燥不热。低眉，有观音相；顺眼，有童稚相。

透过杯中沉浮不定的茶，远方，又见茶山隐隐，溪流蜿蜒，云雾飘渺。

语言是一个人整体文化修养的综合指数。口语与书面语言皆如斯。

具有诗人气质的人，往往在智慧和情感上早熟。他常常用天真的眼神来打量环境，常常以单纯的心态来体悟世界，感受人生；他不受习惯和成见之囿，每每有异于常人的独到发现，尤其对美和美感特别敏锐。

美感作为感觉，是在对象化的过程中实现自己的。之所以能无往而不往，是因为"游于物之外"。

诗人有双重使命：精神使命和艺术使命。在精神上，诗人关注灵魂，关注存在，关注人生最根本的问题；在艺术上，诗人关注语言，关注词汇的锤炼与动感。

在诗歌中，哲学应该含而不露，做底色而不是姿色。

无论高蹈之志、沧浪之怀，抑或绮丽之情、狂狷之气，在陈珑笔下，总是像一棵被风吹过的古樟树，婆娑着晚钟般娓娓道来。

这种娓娓道来，久了，便是"韵"，便是完全排斥心浮气躁的"韵"。这种"韵"，自然会化作日静天长之缓慢感里的那种优雅。

浔阳江头，荻花瑟瑟：相逢何必曾相识。

翻开《拾穗集》，便发现，我们被陈珑"忽悠"了：这哪里是诗歌集，分明是一本箴言集。

箴言是什么？

是规劝告诫的言语。

那么，有箴言诗吗？

当然有。如诗人鲁藜的《泥土》："老是把自己当作珍殊，就时时有怕被埋没的痛苦。把自己当作泥土吧，让众人把你踩成一条道路。"

如匈牙利诗人裴多菲那首著名的《自由与爱情》，也被认为是箴言诗："生命诚可贵，爱情价更高；若为自由故，两者皆可抛。"

再如鲁米的诗："把感恩之心像斗篷一样披在身上，它会滋养你生命的每个角落。"

我想这种句子配上漫画，肯定十分美丽。

如果说敬畏箴言是知识的开端，那么，欣赏箴言诗则是思考人生之旅的浪漫开端。

短，甜，且有营养。味道不怎么样的部分全躲在幕后，在我们吞下去却品尝不到的那个地方。

说到底，箴言诗是包含着治疗心灵药物的那粒水果糖。

想起八大山人《河上花歌》：河上花，一千叶，六郎买醉无休歇……

一念心清净，处处莲花开。

陈珑的箴言诗，就是那"处处莲花开"。

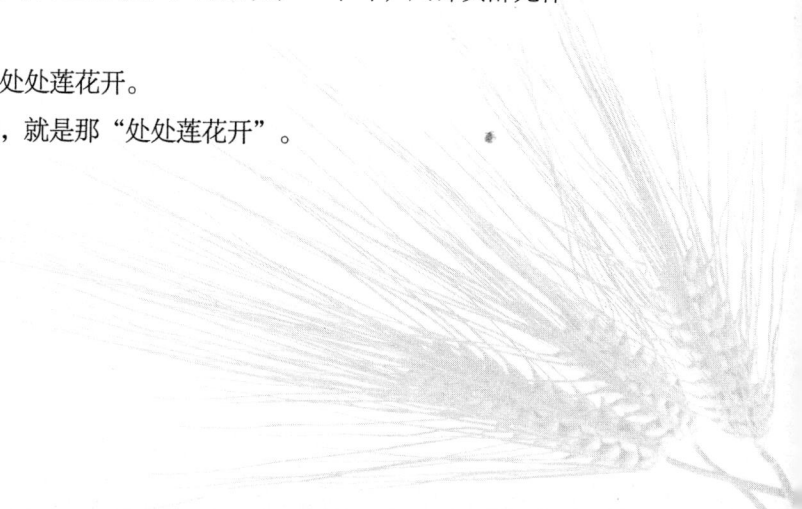

刘勰《文心雕龙》认为，文是和天地同时产生的。天上有星月，那是天的"文"；地上有山川，那是地的"文"；人是万物之灵，人对山川万物的体悟，便是人的"文"，我们简称"人文"。

我读陈珑的箴言诗，总觉得是一目空阔，山峦为晴雪所洗；是平沙落雁、晚霞灿然的远望景致。

还是残阳过远水，还是落叶满疏钟。

是的，远水和钟声里有一层出世的、超尘脱俗的含义，有一种说不清、道不明的神圣感召力。

警钟？丧钟？抑或是祈祷的钟声？

看着听着，听着看着，忽地悠然心会，妙处难与君说。

那是浮云起高山，那是悲风激深谷。

对于人的生存状态而言，箴言诗，显然是一次重要的美学唤醒。

值得庆幸的是，昔日水泊梁山宋江题反诗的浔阳江头，今天有人奉上了箴言诗。

诗，在万里长江的这段拐了一个360度的大弯。

天文？地文？人文……

黑格尔说：哲学开始于一个现实世界的没落。

有一个故事这样说：

参加节日赛会的有三种人。第一种人想参与比赛而求名，第二种人想做买卖而获利，第三种人则满足于做一个旁观者（观众）。哲学家与第三种人类似，他们弃绝名利，只想通过沉思而把握真理。

陈珑在写《拾穗集》时，也是第三种人。他弃绝名利，只是弯下腰去，将被丰收遗落的稻穗拾起来，不知道会不会吹拂，反正最后会放在他那颗戴着深度近视眼镜的脑袋里。

肯定不会去卖，也不会自己吃掉。换来的，或许还有怆异的眼神。

在香烟弥漫的氛围中，现实世界没落了，哲思徐徐升起。

而这一切，恍惚一个傻子所为。

直到印成书了，我们才知道，这些稻穗犹如飘雪——

夜深知雪重，时闻折枝声。

雪，飘下来时，原是无声无息的，也没有多少分量，然，它却非要让自己的重量迫使"它者"发出声音，这种现象正是我们古人说的：

黄钟毁弃，瓦釜雷鸣。

寒山远火，明灭林外。

陈珑在书的题记上这样写道：

> 在秋日的田野上
> 低头捡着被丰收遗忘的稻穗
> 泥土中
> 它们的身上仍有太阳的光辉

亚里士多德说过：哲学起源于闲暇与好奇，人的本性在于求知。我在想，一个老年人低头弯腰拾起的稻穗，它们的身上肯定有智

6

慧的光辉。

是的，翻开《拾穗集》，如行山阴道上，美景应接不暇：

一拳碎石，能蕴千年之秀；六尺塔松，可藏万代风烟。

记得我们家门的陈眉公说过：放得俗人心下，方名为丈夫；放得丈夫心下，方名为仙佛；放得仙佛心下，方名为得道。

陈珑者，得道之人也。《拾穗集》便是得道证书。

1　我们永远也无法回到开始，所以我们只能把结束装饰得更圆满一些。

2　散步时的谈话，犹如唱歌时有了伴奏，人们彼此很容易合拍。

3　一生的忏悔，永远也弥补不了瞬间的过失。

4　所谓休息，就是换一种方式劳动。

5　大部分交谈，都是彼此耐心地听其中一个人讲话。

6　我们有意培养孩子成熟，孩子无意帮助我们天真。

7　请教别人，比别人向你请教更容易获得友谊。

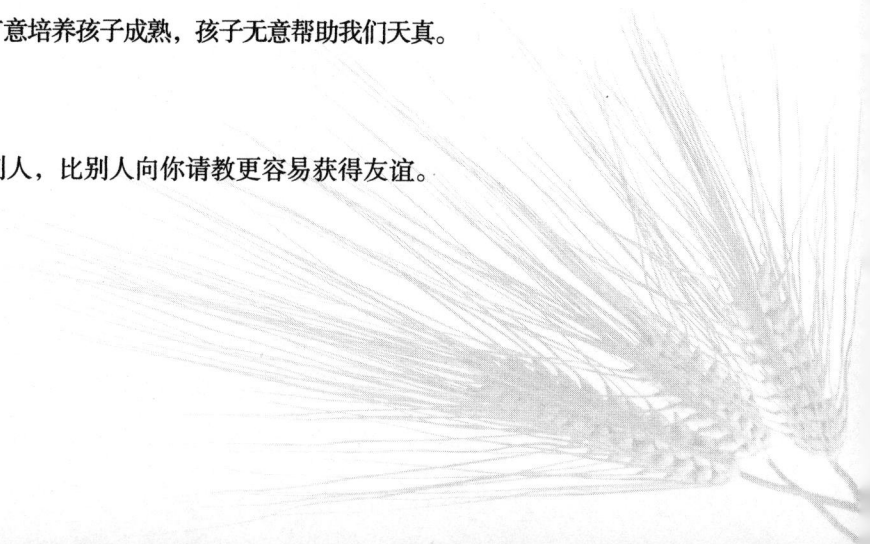

8 家庭乃觉悟人生的最好教堂。

9 你对孔雀展示美丽的衣物，孔雀就会把漂亮的
羽毛张开。

10 人有时就是这样奇怪：追求实现不了，让人惆怅
得痛苦；追求实现得太快，则让人空虚得惆怅。

11 人们所说的意外，主要是对幸福或悲哀缺乏充
分的心理准备。

12 要想看水仙的空灵，就闻不到夜来香的芬芳。

13 美貌即将告别的时候，智慧正准备敲门。

14　孩子小的时候，我们绝对意识不到他淘气的目的，就是要我们注意他。

15　交流思想，实际就是为了坚定自己的思想。

16　人们真正感兴趣的依然是日常事务。

17　无法结束的故事，不是缺少生活，而是缺少智慧。

18　睁开眼睛看世界，世界也在看你。

19　你的行动一旦与人们的期待合拍，大家就会赞美你。

20　海浪是期待的喧闹，月色是深情的默许。

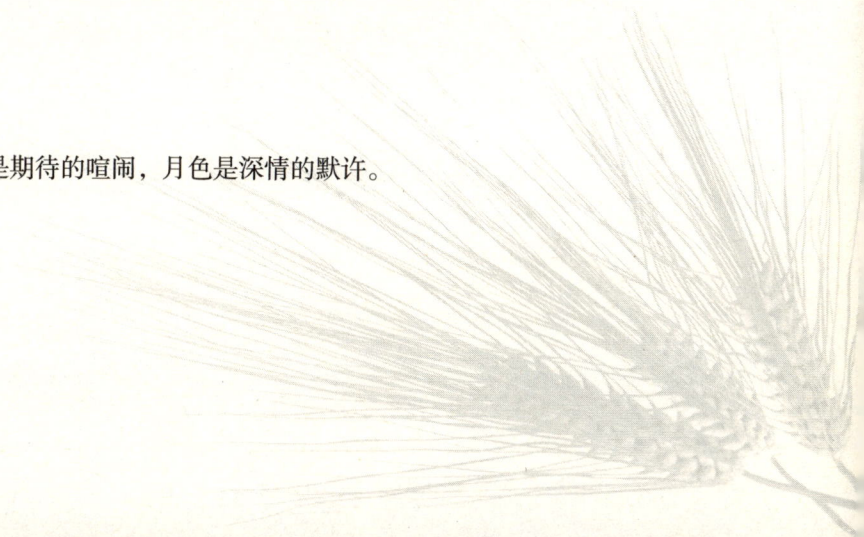

21　突变是为有准备的大脑创造机会。

22　人生如烛，需要照亮黑暗时才会有人想起。

23　最累的时候，是什么事也不需要你做。

24　想了不做，比做了不想危害要小。

25　人在未降生之前，大自然就为他准备了许多礼
　　物，但大多数人都不知道该去哪里取。

26　现实中的童话，常常让人不敢接受，并非不能
　　接受。

27　想象无论如何丰富，总得让位于干瘪的现实。

28　成功是信心的果实，靠恒心来栽培。

29　你不能生活在昨天，正如你不能生活在梦境里
　　一样地现实。

30　连苹果也要用芬芳和色彩去吸引人们注意。

31　舒适的生活大都由冒险赐予，同时也将由冒险
　　带走。

32　情绪一消失，目标就会变得消瘦。

33　答案是给欲望的报酬。

34　忘记过去的错误，那才真是错误。

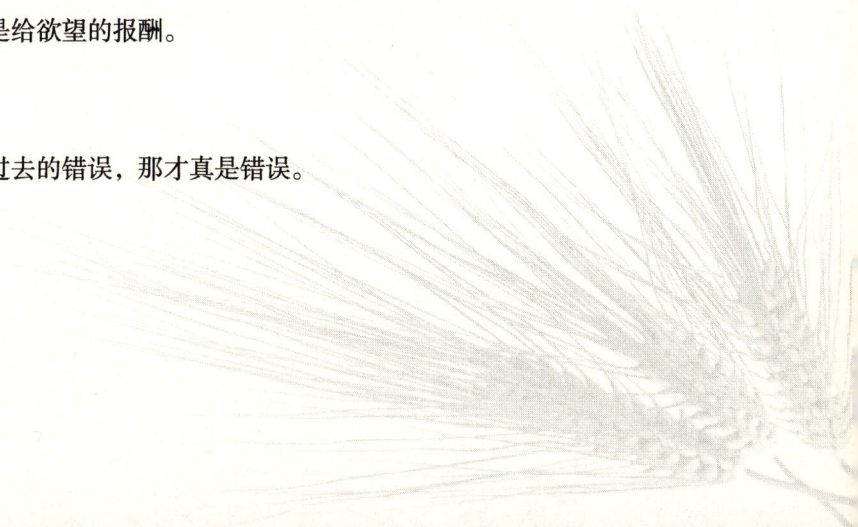

35   经常想到成功的人容易成功。

36   单纯的实用并不令人追求。

37   连心灵也不能流浪的人，常常会禁锢在现实中。

38   人生的悲哀，就是只能发展外人无法窥视的思想。

39   太阳的伟大就是人类无法接近。

40   飞不上天空，人们只能在大地拥挤。

41   每一片树叶都有它美丽的个性所在。

42　枯萎的花仍会歌颂春天，干死的禾苗却不会去
　　赞美太阳。

43　伤感在情绪之中的人不值得去为他伤感。

44　一味地讨好另外一个人，只能让人厌烦。

45　人生可以容忍一事无成，却不能允许一事未做。

46　体谅并不难学会，只要把发生在别人身上的事
　　情当成是发生在自己身上。

47　无法改变的事情，我们只能从容地接受。

48　有时打击更能激励你的呐喊，例如鼓。

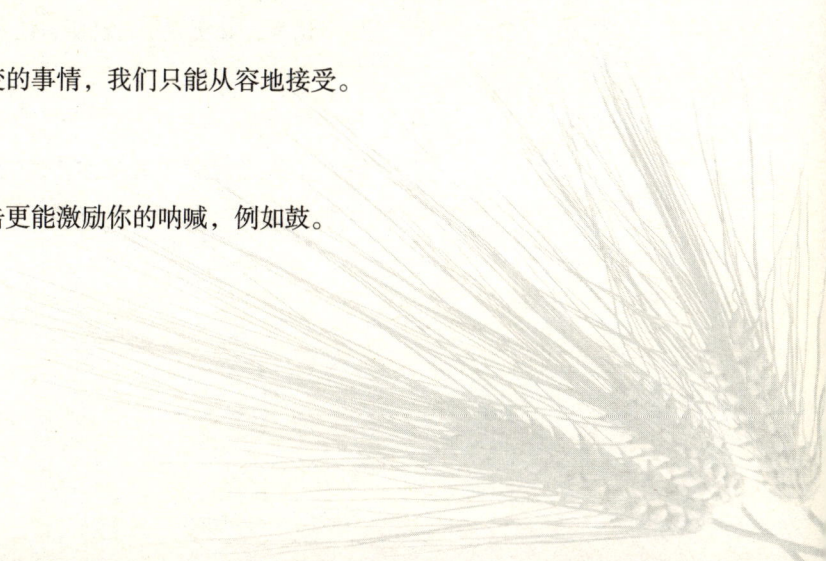

49 学会了等待，总会有收获的时候。如同黑夜再
长，终会有天亮一样。

50 逃避困难只会增加困难。

51 假如你不想挖掘自己的潜能，就去依赖别人好了。

52 所谓合理的生活，就是干每天必须干的事。

53 你活得自在，别人就不一定活得不自在。

54 信守诺言，其实就是自己听自己的话。

55 既然别人已经到了需要你体谅的时候，又何必
要摆出高人一等的样子。

56　华贵的衣着遮饰不了思想的贫困。

57　孩子容易偏离轨道，就是因为在离开父母之前，他们从来就没有自己掌过舵。

58　羽毛华贵的鸟不一定飞得高。

59　人在平行的时候，思想才能交流。

60　听得见花的絮语，不会种花又有何妨。

61　反省，就是自己给自己上发条，然后走给别人看。

62　只要做过家长的人，都会有特权和责任集于一身的机会。

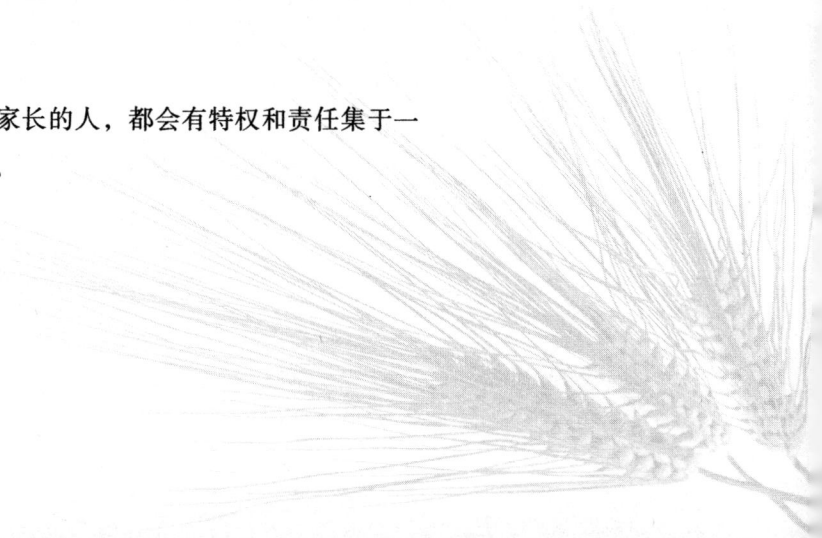

63　独自散步是人生最惬意的舞蹈。

64　一只跳蚤有时会激怒一头狮子。

65　妨碍教育孩子的主要原因，是家长们都有一套
好的教育方法，但又不愿意也无法统一。

66　你不去关心别人，别人当然不会去想到你。

67　没有困难的生活是不可能存在的。

68　如果没有时代的音乐，人们的心弦就无法寻找
到跳动的节奏。

69　最珍贵的东西，既买不到，也卖不掉。

70　打扮自己，其实是对大自然的一种回访。

71　大部分人都在流行音乐中冲浪，我却只在箫声
　　中仰游。

72　听不见小草的拔节，春天照样推窗而入。

73　伟人说：一切都在掌握之中，唯独自己除外。

74　我不想知道的，请别告诉我。

75　懂得怀念的时候，却不知怀念什么。

76　有意耕耘者，常常无意错过了收获的季节。

77　笑迎明天，就是送给昨天最好的礼物。

78　说诚实的话，有时也会脸红。

79　心灵无钟，外面敲打与我何干。

80　泉水一打节拍，云彩便跳舞。

81　语言的包装，把人们装饰得更加华贵。

82　谎言太流畅了，自己都以为是真的。

83　在阳光的节奏里，我们无法朗诵自己的感情。

84　甜蜜的泪水也是咸的。

85　风筝对我说：纵然有风可借，也要有一线与大
　　地相牵。

86　温柔只是一件外衣，不披上不行，不脱下也不行。

87　独步月光下，或许有灵魂伴你。

88　无弦琴只能无声地伴唱。

89　爱是绿色的沼泽地，越挣扎就越容易陷下去。

90　遗失是人类最应该原谅的错误。

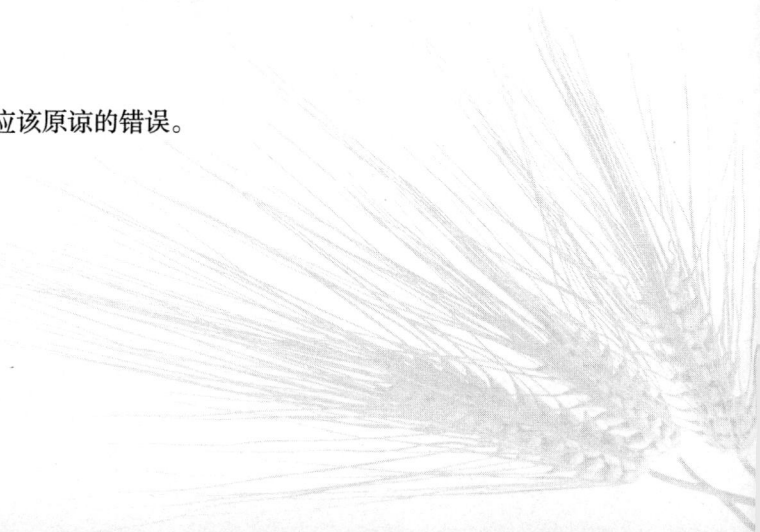

91　左边的耳朵永远也无法与右边的耳朵亲密。

92　无形的风撩拨了有形的花朵后，又无动于衷地
　　走了。

93　人总是在无法回首时才想到回首。

94　雪花只是在背诵雨水的誓言。

95　初衷之所以不变，是因为它再也实现不了。

96　反对特权的人，有时就是因为仅仅他们有权反对。

97　没有听众的歌，何必一定要唱完。

98　太阳把天地还原于本来的颜色，人们反倒怀疑
　　自己的眼睛。

99　一个季节无法为另外一个季节忏悔。

100　再冷的天，思想也无法冻结。

101　瞌睡是对梦境的片刻追忆。

102　再美的云，也不可能炫耀一个秋天。

103　青春是人生画册中最美的颜色。

104　心的窗帘，自己不愿意开启，别人又无法开启。

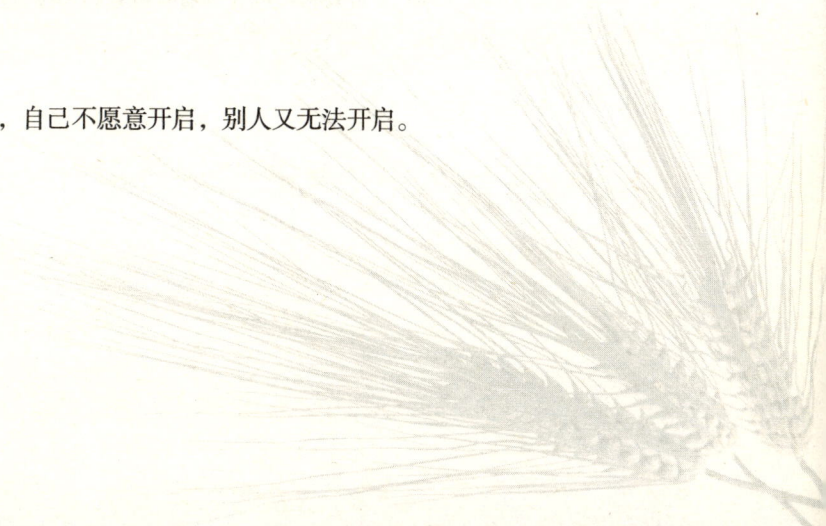

105　为了找准目标，人们往往要闭上一只眼睛。

106　一种颜色很难真正完全遮掩另外一种颜色。

107　阳光的针线，补不完雨季被染的蔚蓝。

108　最深奥的内容在睫毛之下。

109　第一滴露珠是黎明的错误，凝结就算了，为何
　　还要滴下，并且把梦惊醒。

110　雾中的星星犹如情人的眼睛，看得见看不见都
　　在心中闪烁。

111　未来一定会遇，但无法约。

112　忧愁总是在灾难未降临前出现。

113　只要还有一块处女地，园丁就有做不完的事。

114　再老的松柏，记忆也是绿色的。

115　飞扬的日子啊，为何总在我的睡梦中醒悟。

116　一串串葡萄的季节，紫得让人思绪变得酸甜。

117　在孩子的眼中，只有自己的父母才是最亲的。

118　虹的阶梯垂下了，谁会去攀。

119　未见大海，你就无法知道小溪为何那样执着。

120　无声才最动听。

121　人们只顾叹惜落叶，却忘了去寻问那阵风从何而来。

122　担心时间过得太快的人，时间在他的担心中过得更快。

123　流星在天庭找不到归宿，到大地依然无家可归。

124　一片云塑造的梦境，另一片云无法塑造。

125　人生之大错，乃是一生无错。

126 在大人的眼里，童年的月亮总是越来越小。

127 喜欢跳舞的人梦中常常赤足。

128 一回首你就会发现人生根本就不应该回首。

129 春的酒只有在雪中饮才最醇。

130 不会走路的人到处是路，会走路的人眼中只有
     一条路。

131 阳光下吃橘子，甜也甜得明白，酸也酸得明白。

132 能让别人高兴，这本身就是一件值得高兴的事。

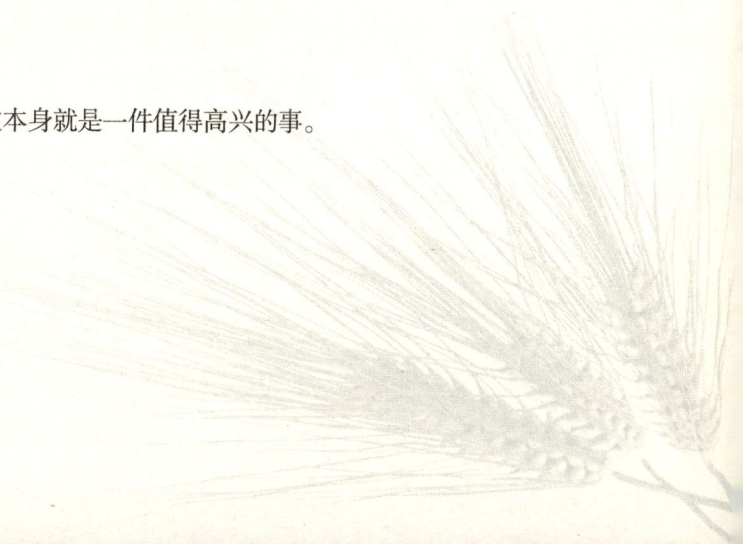

133　我们不希望孩子成长太快，是因为我们从心里不愿意老得太快。

134　忧心忡忡有时就是浪费时间。

135　种子一冒头，就只赞美太阳，土地仍把它不断地捧出。

136　冰的泪不仅仅只流给阳光。

137　岁月的魔笛，诉说着每日的圆寂，菩提却从不间断它的梵歌。

138　延长健康的生命，是另一种赚钱的方式。

139　月色虚假着皎洁，正是溪水流向枕边的时候。

140　白帆是飘忽的请柬，海浪只是有些想去。

141　夕阳溅起星星的泪，让人更加感觉到生命的沉重。

142　鸟拍翅而去，并非树木留它。

143　落叶的声音，惊醒了树根。

144　春天水般行走，冬日风般到来。

145　红烛感激黑夜给了它独舞的机会。

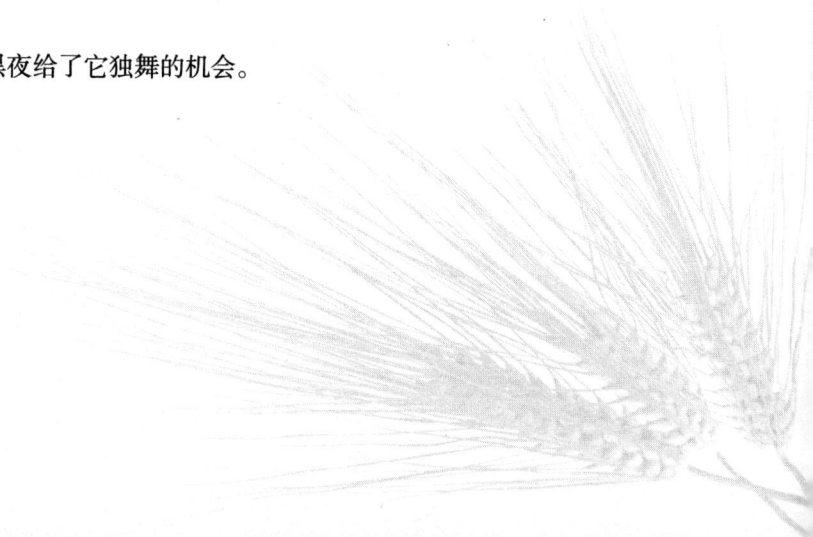

146　胆量有时就是能力外在的表现。

147　现实迫使我们时刻记住理智。

148　寺庙的钟声，把夜敲得有几分神秘。

149　毁灭一个人远比塑造一个人容易。

150　秋虫因延长生命的短暂而昼夜歌唱。

151　钟声是生命最精确的量尺。

152　既然伟人也有渺小的片刻，凡人必然也有伟大
　　　的瞬间。

153　沉默有时使喧嚣显得那么微不足道。

154　最令人丧气的就是许多话我们总是要等到下次
　　才说出来。

155　我们在不断揭示秘密的时候，又在不断地制造
　　着秘密。

156　微笑有时就是泪水的帆。

157　年轻的时候，我们无法理解青春本来的涵义。

158　夜半的反省，常被第一缕阳光索取。

159　用铅笔写人生易改正，却让人乏味。

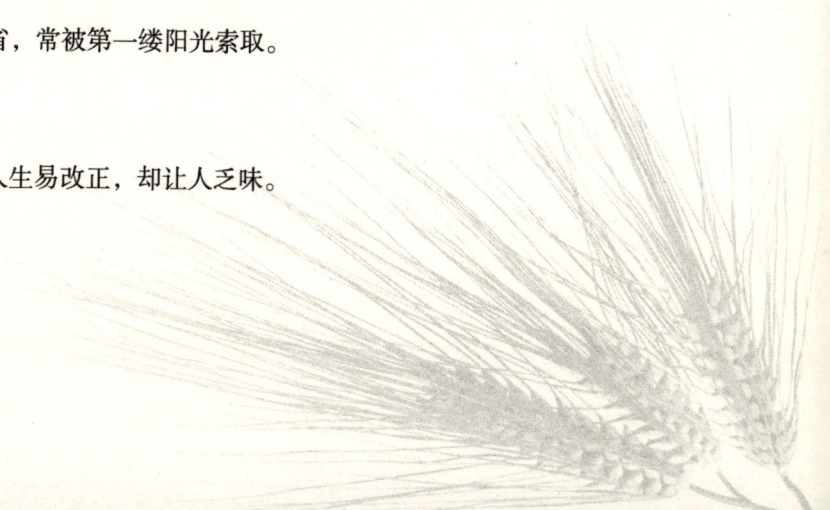

160　灵感犹如一个魔术箱，里面装了什么诗人自己恐怕也不知道。

161　星星不变，还是那样闪烁着真诚的诱惑。可云雾把它遮住了，太阳的光线把它挡住了，你去责怪谁？

162　读别人的表情如同看戏，自己一登台，就知道什么叫作不自然。

163　稻穗一般金黄的阳光敷在水面上，蔚蓝的镰刀从不收割这难得的陶醉。

164　牛的蹄印，总是踏在牧童的竹笛里。

165　大海无言，海鸥却喜欢歌唱。

166　过路的风窥到了什么，一进窗户就再也不出来了。

167　我的坚贞如信鸽，不达到目的，绝不邮递月光
　　　里立下的初衷。

168　春风造酿了一冬的酒，我却只想饮你眼中的露。

169　溪水的脚步总是那么匆忙，一边走，一边还吟
　　　着清凉的诗句。

170　为何要问昨夜的风今宵停在哪里？

171　山中的白鹭，冬日总是眠在柳枝的缠绵里。

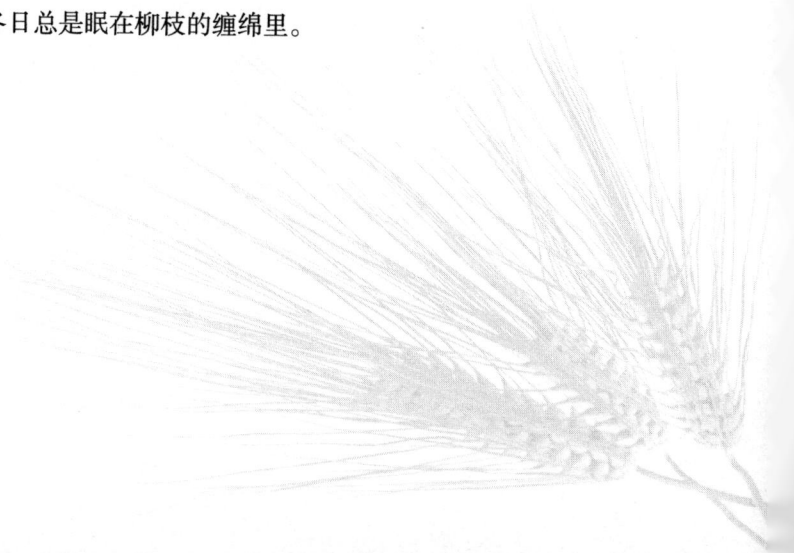

172　假如每一次道别都无法忘记，那人的一生只能生活在分手之中了。

173　假如上帝真的要给你什么，那他也只是作些暗示，具体的事情还得靠你自己去做。

174　有些花太注重春的恩泽，连结果也不要。

175　水把鱼儿抱在怀里，却不教会它们如何去识别钓饵。

176　萤火虫只是在告诉你，黑夜中并非没有路。

177　一个地方的风，可以吹开另一个地方的花。

178 最大的收获就是收获的过程。

179 夜怕旭日迷路，派了许多星星去接它。

180 流浪在异乡的人，才能终生保存对故乡的眷恋。

181 春风中的花常常把自己想象成蝴蝶，睡梦里的
     蝴蝶把自己当成一朵花。

182 夕阳并不十分情愿挂在黄昏的帆上。

183 纵然是一朵花，它也无法选择自己所喜爱的颜色。

184 人的前途犹如影子，看起来无法捉摸，其实还
     是你所选择道路的倒影而已。

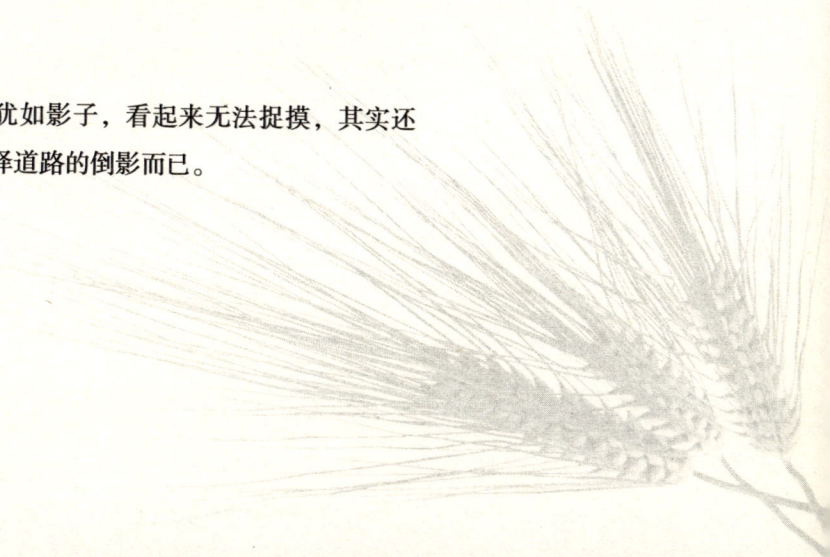

185 适应能力大于本事。

186 人们失败的原因多为目光短浅。如果你能准确地
说出明天将会发生什么，人们就称你为天才。

187 最简单的方法，就是最好的方法。

188 权衡如指南，目的就是确定自己方位。

189 为了将来的成功，必须控制自己现在的本性。

190 浪费，就是可以公开的贪污。

191 决意要寻找机会的人，一定能遇到机会。

192 生命的恩赐是那么珍贵，但我们总是那样对它
     熟视无睹。

193 所有的乐趣都是伴随劳动产生的。

194 成熟就是得到一些什么，然后又失去一些什么。

195 做个平常人，保持平凡心，也许就是人生最难
     得的选择。

196 获得名声很难，保持名声很累。

197 吃到一个鲜桃子，不一定就要去拜访桃树。

198 沉默是增加威信的最通俗方法。

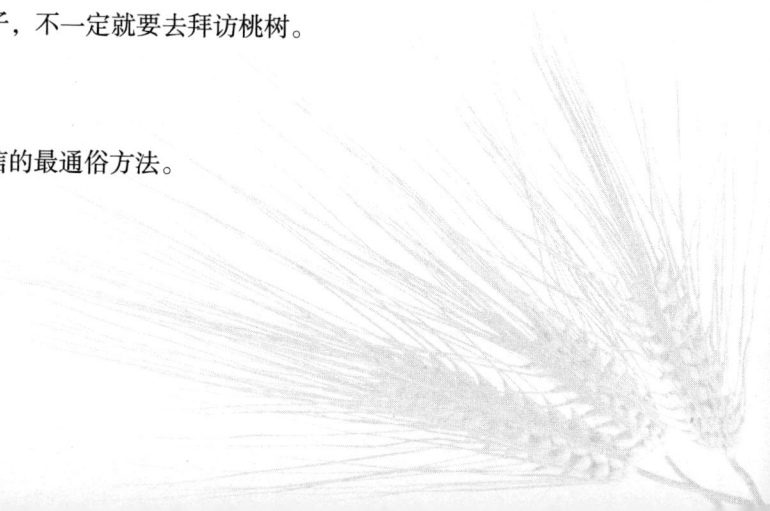

199　为真理打下的标点是问号。

200　连帆也不知道驶向哪里，风怎能随你的愿。

201　每一次的心震，都会造成真理的新泉。

202　机会常在人们的忽视中夭折。

203　常用的锁匙不生锈。

204　获得一个朋友，就是获得一次游览心灵的机会。

205　你要想与周围的人们美好相处，最好的方法就
　　　是经常地引起别人同情。

206　与其等待生活向你挑战，何不主动向生活出击。

207　为快乐所付出的代价常常比快乐本身要高。

208　为了一件有意义的事，人们却要去做许多枯燥
　　的事。

209　游戏是一种令人兴奋的劳动。

210　真正的音乐是聆听心灵的跳动。

211　所谓团圆，就是不常在一起的人为了庆祝不常
　　在一起而聚在一起。

212　男人唯一能休息的地方仍是家庭。

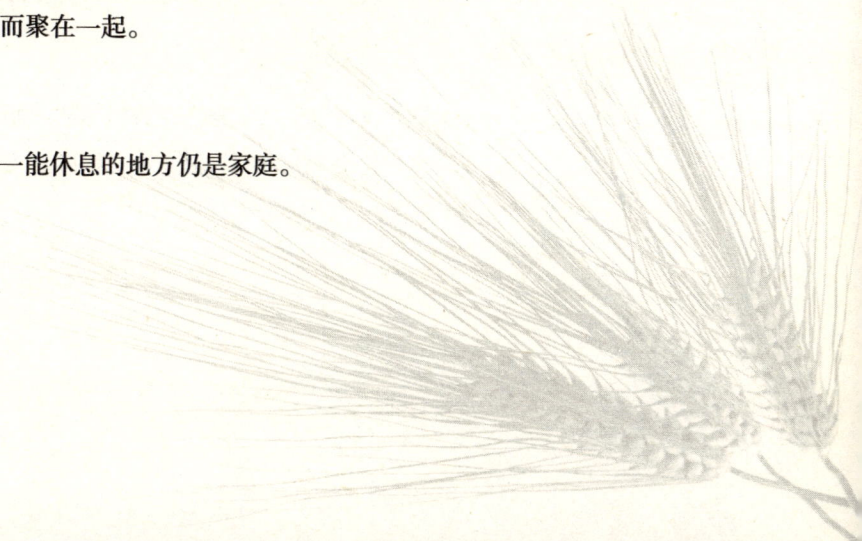

213　人不缺少点什么，就会失去特别向往的东西。

214　人们许多行为，并不是为了目的。

215　茫茫人海，大千世界，多少人是为了捍卫自己
心中的执着而追求呢？

216　把目的放在能力之外，方有超人之举。

217　朝夕相处使当事人无法体会幸福。

218　天空永远期待飞翔的翅膀。

219　我可以屈从于自然对我躯体的限制；
我决不允许有人禁止我自由的思想。

220 童年的芳草地，承受不了现实铁蹄的践踏。当我沉浸在寻找往事之藤蔓的时候，总有几朵零零星星的花点亮我的眼睛。

221 纵然是笼中的小鸟，你也无法改变它飞翔的方向。

222 蜡烛并不明白为什么要燃烧自己。

223 孤独的灵魂因期待远方的呼唤而逐渐宁静，逐渐深沉。

224 渴望的心灵，如暮色中的小鸟，总在寻找爱的归宿。

225 良心敲打心灵，有的人正安然入睡。

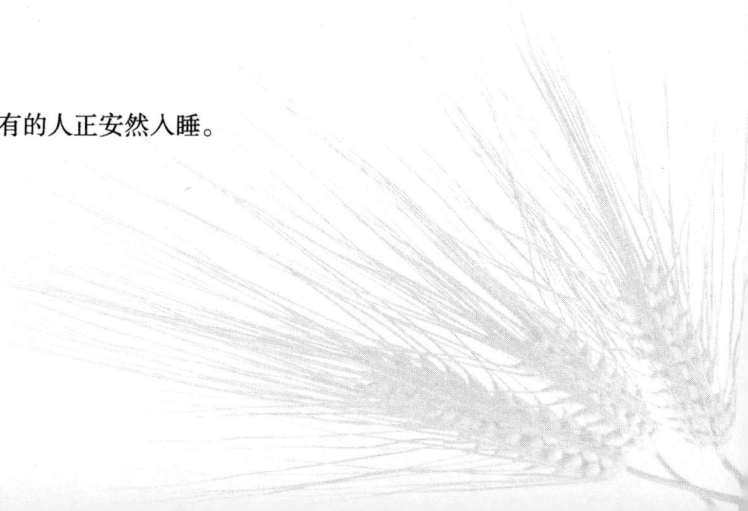

226　默契远比交谈更令人神往。

227　爱的溪流一堵塞，倾泻的缺口就一定会产生。

228　生命以有限的方式体现时空的无限。

229　假如不是生命的短暂，人们就不会有拼命奋斗
　　　的激情。

230　沉重的人生，因为喊出了爱情的号子，才能肩
　　　负重任，一往无前。

231　到达悬崖，就意味着路不再陪你了。

232　挂上约束的标签，你就无法推销自己。

233 春的绿芽啊，当我还坐在火炉边，尽想些夏夜
的时候，你们是从何处结伴而来的呢?

234 即使是已经到手的东西，你也不一定抓得住。

235 没有行动，你就失去了表现自己的机会。

236 有的人脱颖而出，靠的不是天赋的才气，而是
长期的奋斗加上一些魄力。

237 成功者总是在成功后才开始亮相。

238 克服自卑的最好方式，就是在与别人谈话时，
把自己想象成是站在凳子上。

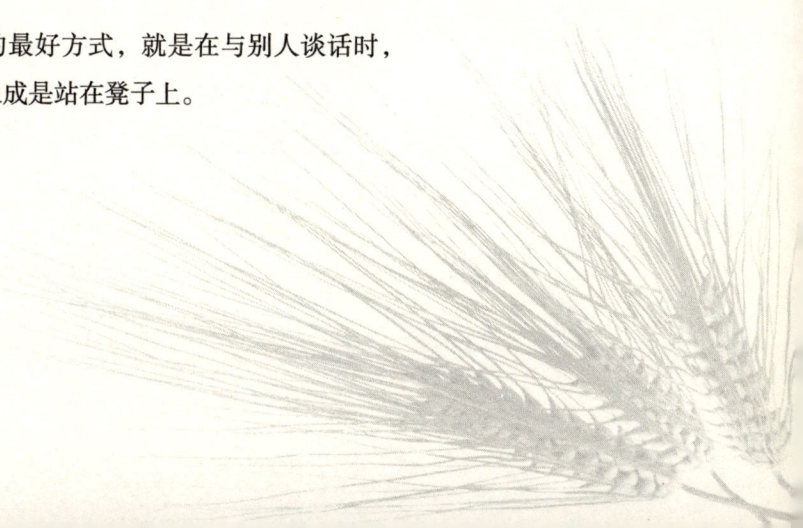

239　人们鄙视你，有时就是因为你没有实现别人对你所寄托的期望。

240　人生在世，最大的成功就是在自己所适合的位置上工作。

241　由衷地赞美别人，其实就是在真心地帮助自己。

242　有的缺点，就是化了妆的美德。

243　爱别人，不一定能得到欣赏；不爱别人，欣赏的可能只有自己。

244　人生犹如马拉松比赛，桂冠总是属于那些速度不一定很快却又总是跑个不停的人。

245 简单的赞许，往往是意味深长的支持。

246 别人的失误才是我们真正的老师。

247 情侣如同鸽子，你不去精心喂养，它就会飞到另外一个人的屋顶上。

248 人与人之间就是这样奇怪，有时越了解距离就越远。

249 会不会游泳下水就知道，但在许多问题上，我们恰好就忘记了这一点。

250 有时不是我需要鼓励，是我们必须给朋友们一些鼓舞别人的机会，这点对于保持友谊尤其重要。

251　不要记住曾给予别人什么，如同记住了别人曾
　　　给过你什么一样地重要。

252　期待是世界上最折磨人的一种打发时间的方式。

253　冬日，围在火炉旁的人都能成为朋友。

254　枕头是最有情感的诗集。人们之所以注重枕
　　　巾，就是为了设计一页较好的封面。

255 激动的海潮拍打着你的心房，你把门紧紧地关
住，只是让那些浪花把它溅湿。

灿烂的霞光荡漾在你的脸庞，你把睫毛默默地
垂下，只是让那些色彩把它抹红。

甚至那些春天的阳光也只能隔着窗帘远远地看
你一眼，可怜那些活泼的春花，只能无可奈何
地枯萎。

为什么呢？那一句空空的许诺，却让你与这个
你所生活的世界隔膜。

256 知识面越宽的人，越觉自己无知。

257 最好的不是在开头，就是在结尾，中间总会有
许多平庸却必要的过渡。

258 飞逝的时光不留痕迹，你纵然时时回首也无法
寻觅。

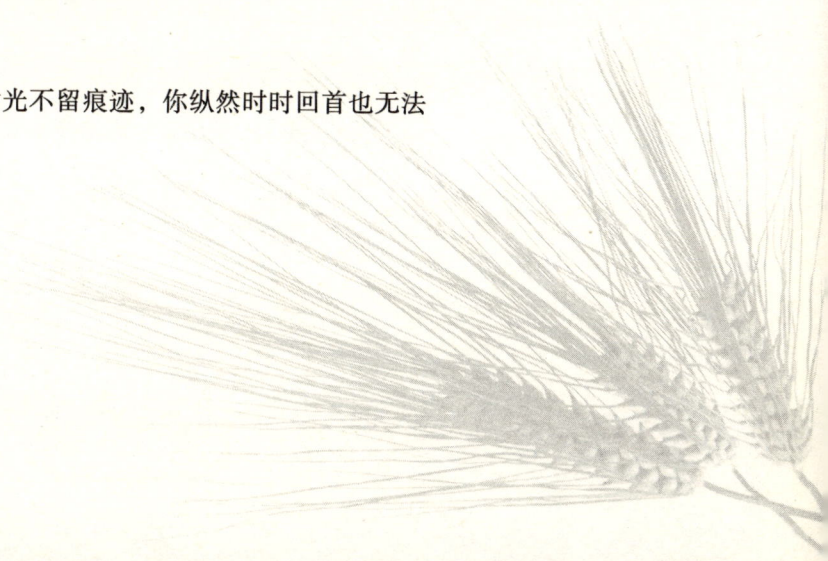

259　不知道自己无知的人，才是真正的无知。

260　心灵的创伤，只有流逝的时光夜夜无言地慰藉。

261　人们说你成熟，是因为你已经知道按照大家的
　　　设计来塑造自己的形象。

262　失望如沉睡，绝望是死亡。

263　致命的创伤来自心灵。

264　心中的栅栏，多半是为了锁住自己。

265　情感如天空般蔚蓝，思绪便如云彩般飘逸。

266 感情的寒冷，只有点燃期待来取暖。

267 宇宙之大，唯有流星能潇洒地划出那痛快淋漓
     的一笔。

268 一层灰或一滴水，都会造成你与镜子的隔膜。

269 两个肩膀争着去挑重担，头就要遭殃。

270 云彩并非能读懂天空。

271 心中只要有火种，能燃着的希望就太多了。

272 蜘蛛的丝一旦被外界破坏，它就会吃进去，然
     后再吐出来。一丝不苟，我是从这里读懂的。

273　音乐是生活中的溪流，爱它的人都可化为一尾
　　　自由的鱼儿。

274　无论是被风吹熄还是它自行熄灭，蜡烛总有眷
　　　恋的叹息袅袅于空中。

275　幸亏成熟的果实旁还有那么多天真的叶，否则
　　　人生这棵树就太神秘了。

276　我不能以伟人的名义来做自己想做的事，但我
　　　可以用自己的名义做伟人未完成的事。

277　不能碰到大的机遇，那我们只能是紧紧抓住那
　　　稍纵即逝的小机遇了。

278　打击你的人，有时就是希望你也能同他们一样。

279 改变命运最简单的方式，就是改变生活态度。

280 努力能使我们对打击产生更大的勇气。

281 战胜不幸的渴望始终引导我们在漫长的岁月之道上跋涉。

282 没有梦幻的调色板，单调的人生索然无味。

283 人生对磨难态度的意义，要超磨难本身一千倍。

284 奖励是对辛勤劳动的一种敬意。

285 被人忌妒比忌妒别人要洒脱多了。

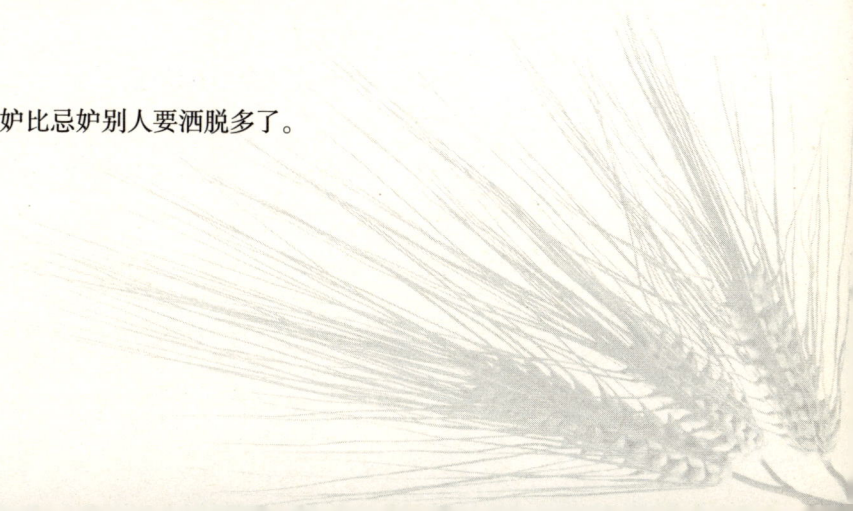

286 你要想满足自己的要求，首先就得满足别人的
要求。把别人利益作为诱饵的说客，总是容易
成功的。

287 我们不能无端地吹捧我们挚爱的人，正如我们
不能故意贬低我们所憎恨的人。

288 手上捧着鲜花，人就不会轻易摔跤。

289 礼节把一个人的智慧无声地表现。

290 恭维别人时就是一种自我保护的手段。

291 魅力是毫无目的的诱惑。

292 陌生人的经历总是有趣的。

293 心灵的窗帘不拉开，欢乐的阳光就无法照耀你
的思想。

294 做任何事，绝不要与你的犹豫商量。

295 荣誉是羽毛，尊严是眼睛。

296 自己的注释，别人无法看懂。

297 信赖创造出来的境界，令亲情吃惊。

298 人们往往只希望坐在门槛上等候，却不愿意去
追赶从窗前飘走的时光。

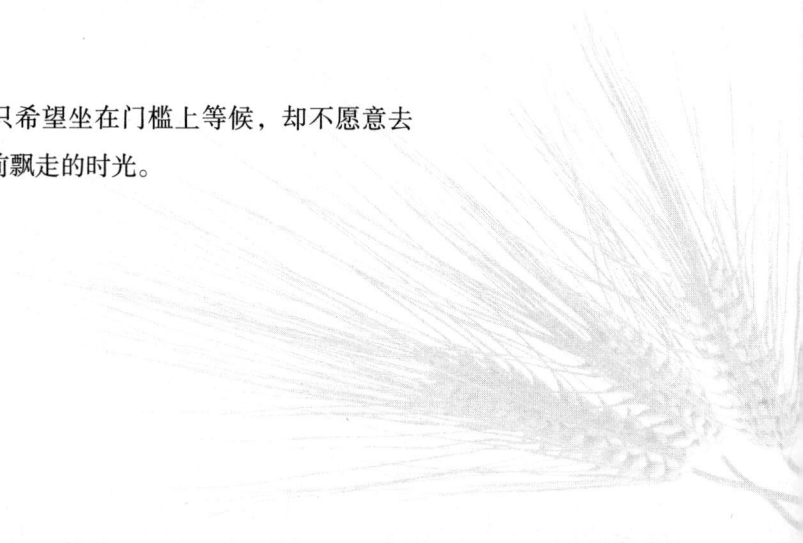

299　误解会使亲密的情感变成伤心的回忆。

300　门铃总是期待着熟悉的手来揿。

301　时光写着一本很动人的书，就看你找不找他借。

302　友谊如燕子般在寂寞的人生中飞翔，我们才感
　　　觉到日子有些生动。

303　真理，有时就是权威者脚下的鞋掌而已。

304　不向别人乞求什么，任何人都可以潇洒。

305　心胸一坦荡，世界万物便向你显示其妙谛。

306　人生如长跑，要达到目标始终靠自己。没有人能帮助你，人们至多只能给你一些鼓励的掌声，那还是已经退出了比赛的人。

47

307　没有做成的事情，常比已做的好得多。

308　收获是目标的影子。

309　机遇如流星般划过，你是否正望着天空。

310　美好的事物，因为美好所以总是无常。

311　太阳的光辉并非平均洒在每一个人的身上。

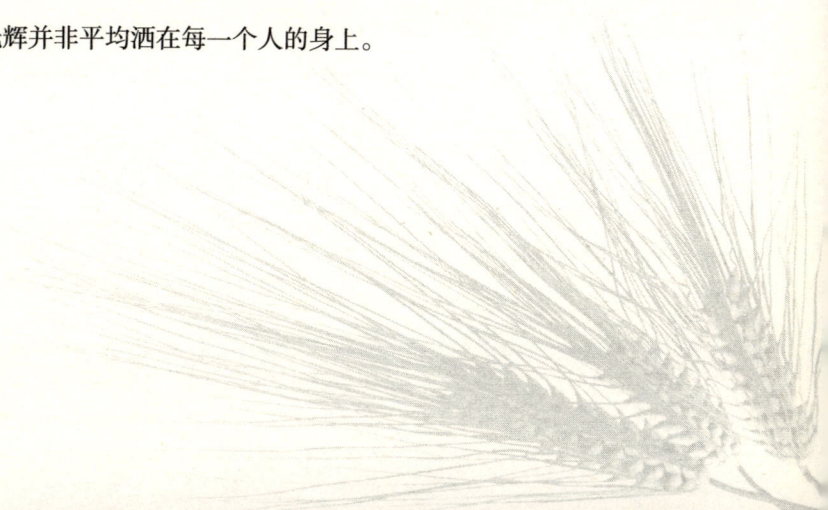

312 我们终生追求的，有时仅仅就是留在别人眼睛中的形象。

313 生活之所以有意义，就是我们的痛苦终会变成我们珍贵的财富。

314 暴风雨是大自然给予人类粗暴的亲吻。

315 哪里的握手充满真诚，哪里的微笑就会长久。

316 能证实我们思想的，就是我们的智慧。

317 看着别人醉，自己也清醒不到哪里去。

318 长期扎根于自然，树有可能开出偶然的花。

319　人总是这样奇怪：在自己心中设计蓝图，在别人眼里建筑形象。

320　购买不需要东西的代价，就是卖掉必需的东西。

321　希望如蝴蝶，有时会悄然降落在你身上。

322　并非所有的爱抚都用温柔的手掌。

323　人生有三格台阶：自尊心在虚荣心之上，真理又在自尊之上。

324　暴露内心的秘密，会使人产生神奇的动力。

325　只要问心无愧，对人生尽可能有多种感情体验。

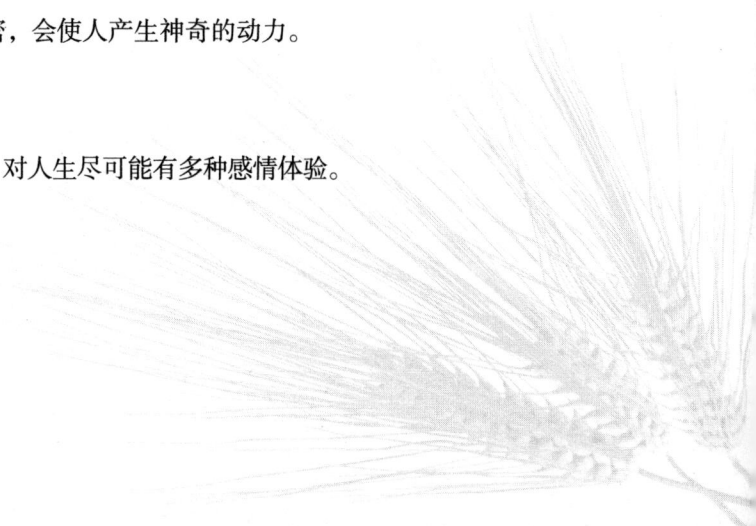

326 喜剧的结束，未必就是悲剧的开始。

327 无目标的行走，极有可能会使我们一步步接近
堕落的深渊。

328 你灰心的时候，就是你弱小的时候；你弱小的
时候，就是你失败的时候。

329 犹如季节的来临，每个人的风格总是在不知不
觉中形成的。

330 桂冠只为参赛者准备。

331 人到了一定的时候，终会明白爱只不过是人类
痛苦的延伸。

332　伤痕常常告诉我们：痛苦的过去并不遥远。

333　真正的幽默总是创造和谐。

334　对理想的执着与对生活的欢乐，乃是人们克服
　　一切困难最持久的源泉。

335　父亲买小鸟给儿子玩，喂食的却是祖父。

336　人格丧失了，唯有良心才能拯救。

337　经历是人生最好的解释者。

338　爱心是人类最杰出的雕塑家。

339 戏言是潜意识地预见。

340 对智慧的敬意，产生艺术的谦逊。

341 感觉永远不能创造真正的艺术家。

342 假如小溪都停止流向大海，大海也会有干涸的
一天。

343 大部分爱都始于欣赏。

344 燕子纵然因口渴而窒息，它也绝不饮落地之水。

345 硕果挂满枝头，果树必然要低头俯首向大地表
示敬意。

346　再锋利的荆棘，也无法把岩石戳穿。

347　嫁接的果实最甜，虽然在嫁接时它们彼此都不太愿意。

348　静坐是对行走的一种反思。

349　树叶一兴奋，风便悄然而去。

350　只要牵着孩子，你就可以到处享受到友好而善良的目光。

351　树木让人们用眼光去丈量它，它只丈量岁月。

352　风把果实吹下来，只不过是为了满足它的好奇心。

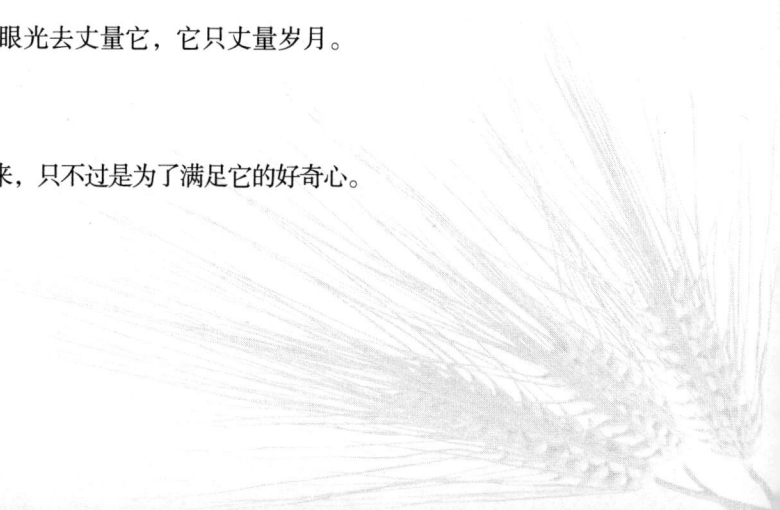

353 旭日是夕阳的孪生兄弟。

354 怀旧的人总是穿着一双舒适的鞋子，在熟悉的
路上散着轻松的步。

355 风无影无踪，却给人们留下了许多有形的印象。

356 能力之源是赞许挖掘出来的。

357 登山而磨其志，沐雨而洗其俗。

358 我们在阳光下不流泪，那是因为我们还可以在
月光里哭泣。

358 承诺如落叶，离开了树就无法回到它舒展的枝桠。

360　只有孩子可以和春风握手。

361　春风如久别的情人，脚步还未传来，心中就有
　　一种隐隐约约的感情在躁动。

362　踏春归来的时候，我只能深深地向其他季节致歉。

363　善良的人们啊，请给我一些孤独，让我能有与
　　先贤者对话的机会。

364　奖励是锦上添花，勉励是雪中送炭。

365　喝酒有时是为了麻醉某些神经，而更多的时候
　　却是为了让另一些神经清醒。

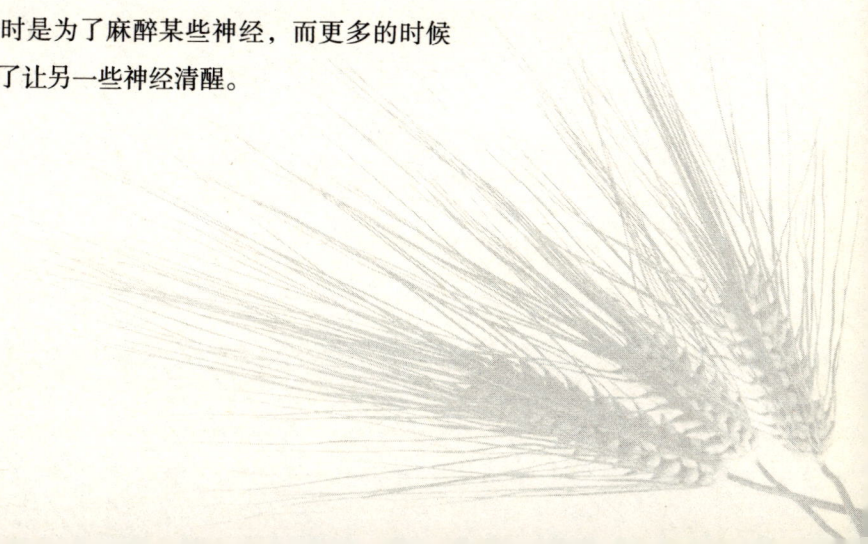

366 我们常把某些容易遗忘的东西放在十分显眼的地
方，我们寻找的时候却是从最隐秘的地方开始。

367 我们说没有时间的瞬间，时间正悄悄地从我们
嘴边溜走。

368 分歧的枝桠仍在同一棵树上。

369 犯别人犯过的错误，是可以理解的；不能原谅
的是，反复犯自己已经犯过多次的错误。

370 飘逸的雾来自沉思的水。

371 眼睛可以不看不愿看的东西，耳朵却必须听不
愿听的话。

372　高尚的思想才能激励高尚的行为。

373　对美好事物的热爱，会唤醒一个人重新认识自己。

374　美好的生活由负有责任心的人们创造。

375　孩子的话是父母行动的回声。

376　检点是挂在荣誉门上的一把锁。

377　禁止是加深不良习惯的最好手段。

378　堵塞常会让溪水走另一条路。

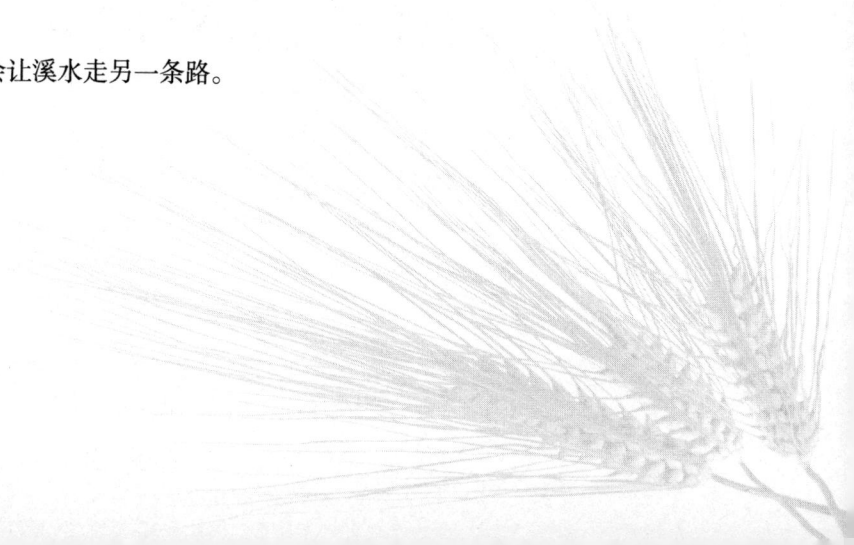

379　性格是命运的设计师。

380　温柔是女性的财富，自信是男人的魅力。

381　要想改变什么，首先必须适应什么。

382　宽恕别人，不仅包含了原谅，更主要的是从心
理上蔑视了对方。

383　能适应变化的人，就如同交上了一个终生相依
的朋友。

384　不去计较心灵的伤痛，那是一个有耐力的人的
美德。

385　对于仇人，恨是盾牌，只能阻挡；爱是利器，
　　　可以帮你消灭他们。

386　仇恨给仇恨者带来的伤害，远远比被仇恨者大
　　　得多。

387　爱心常常提醒我们，伤害很少是由单方面造成的。

388　能宽恕就是心理健康的开始。

389　成功总是从提高自我素质做起。

390　追求完美的人是因为害怕孤独，而事实上他们
　　　很难在孤独中追求完美。

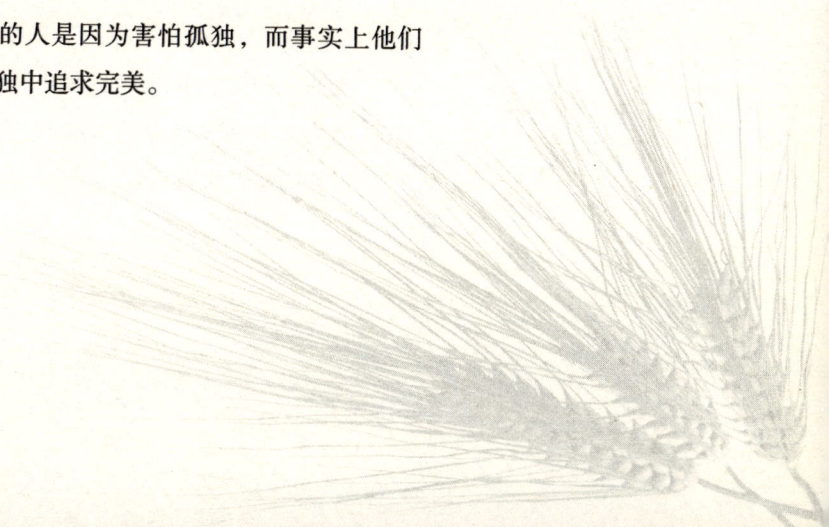

391　苛求如雾，会使生活失去乐趣的阳光。

392　优秀的作品从不讨好读者。

393　我们应该允许孩子犯些小错误，因为我们自己
　　　就常犯错误。

394　因怕犯错误而不敢面对现实的人，实际上已经
　　　犯了错误。

395　友谊悄悄告诉我，对于别人慷慨的给予要欣然
　　　地接受。

396　夜深人静时，我的内心常常感到深深地痛苦，
　　　因为我实在没有力量对这个世界和生活在这个
　　　世界的人更慷慨一些。

397　对于朋友，我送给他们最好的礼物就是那只属于自己的时间。

398　为别人的成功庆幸，是一种慷慨；为别人的失败而悲伤，则是另外一种慷慨。

399　如蜡烛一般，不点燃又不行，点燃了就必然要独自承受垂泪的痛苦。

400　一个自尊的人，理所当然尊重别人。

401　我们通常所说的疲劳，实际上指的是心灵，而不是肌肉。

402　忠于心灵，就有获得精神力量的机会。

403 我们时常感觉活得很累，那是因为我们总在想
方设法去感动别人。

404 在自我认识的路上，寂寞的孤单是最忠实的伴侣。

405 我们送给孩子蔚蓝的笑意，那是因为他们未来
的翅膀需要翱翔的天空。

406 记忆最好的方法，就是用情感的线把一些零散
岁月串在一起。

407 日常琐事如薄雾，总会把我们的视野遮挡一些。

408 心灵深处的荒原，只有孤寂才能开垦。

409　我们做错了的时候，大家都反对；我们做对了的时候，仍有一部分人反对。

63

410　失败的婚姻会给你带来新生活的机遇。

411　朋友的降临，有时如久旱突然有潮湿的风吹来一般令人兴奋。

412　要想春天发芽，冬日必然扎根。

413　跟所爱的人在一起分享快乐，就是一种最好的爱。

414　要谦虚，但不能太谦虚，如同我们追求幸福的生活，但生活又不能太幸福了一样。

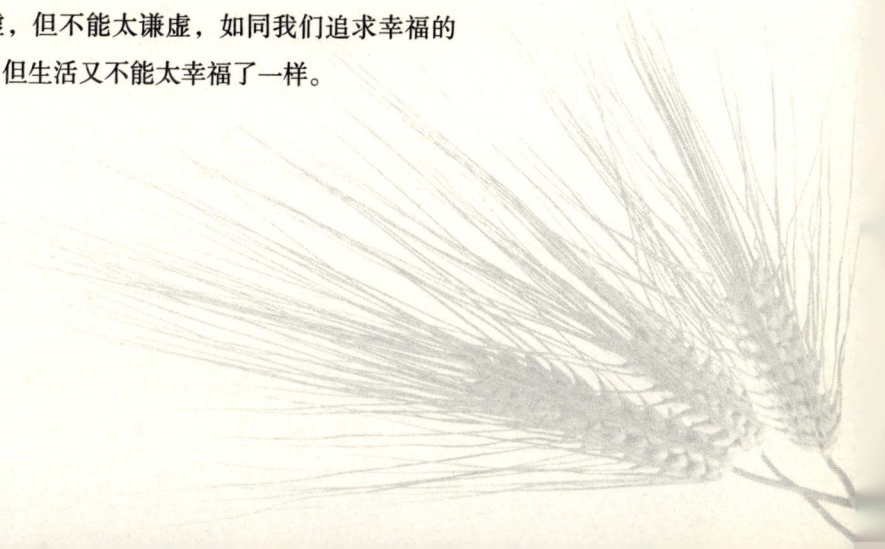

415　我们在讲话的时候，总是错误地以为别人对我们的话，也会像我们对自己的话那样感兴趣。

416　我们对遗失的伤感，大部分不是伤感财物，而是信任或者记忆。

417　买来了解决问题的工具，不一定就能得到解决问题的方法。

418　诡秘的情海，就因为没有航线而更加令人神往，虽有许多人触礁，航标灯却始终无人能点亮。

419　情海无限，如桃花源般神秘，要不进不去，要不出不来。只有感觉在盲目地导航。

420　夜的蝴蝶，展翅就是一片灿烂。

421 激情给了桨，理智就会偏舵。

422 在情感的天地里，征服对方，还不如改变自己。

423 同林鸟也有独自飞的时候。

424 惦记别人比让别人惦记更有责任感。

425 幸福的烦恼乃是甜蜜的骄傲。

426 所谓恋爱，就是两个大人重复孩子时的游戏，
并且反复说着永远不需要兑现的话。

427 誓言如潮，一浪会被另一浪代替。

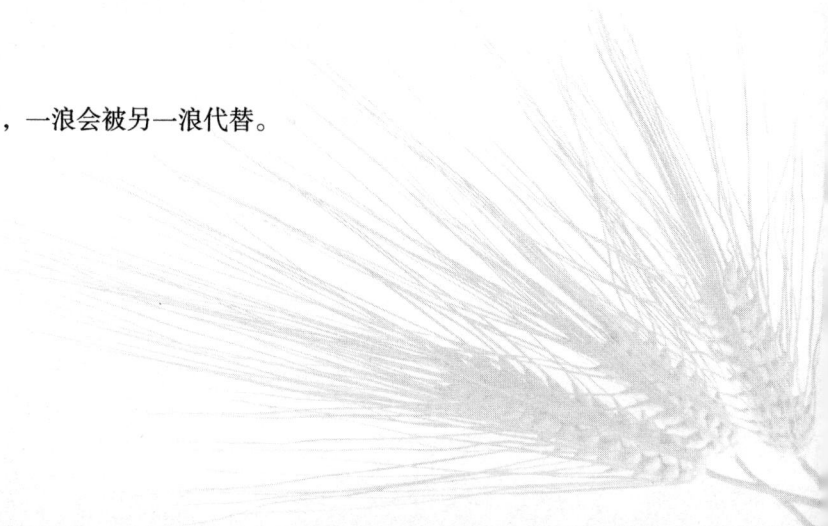

428　捆在一起的鸟儿，谁也飞不高。

429　二重唱的动听，主要是因为彼此都能掩盖对方
　　　的缺陷。

430　为婚姻而鼓掌，得不到回声。

431　与其睁大眼睛看现实还不如闭上眼睛想从前。

432　溪水中的鹅卵石总比手掌上的更引诱人。

433　激情与理智不能同时登台表演。

434　有爱的日子就是晴天。

435 要想恨得深，必然爱得久。

436 我爱之人漂亮，爱我之人美丽。

437 爱能把所有的过失抵消。

438 女人如菊花，到了深秋才会怒放。

439 期待如同浸泡在温柔的泉水中，总让人有一种
舒适的惬意。

440 女人的羞怯无限动人，男人们因此常会产生出
要去保护她的欲望。

441 对一个人的憎恨很难超过同时对一个人的爱。

442　对待情侣，用不着担心太好了。

443　梦还在枕边徘徊的时候，窗户已经睁开了无可
　　　奈何的睡眼。

444　想象中的爱情最迷人。

445　上了釉的爱，摔成碎片也不褪色。

446　旧的思恋不解体，新的思恋无法真正产生。

447　爱的帆总是飘扬在莫名其妙的港湾。

448　爱的缘由让当事人也无法说清。

449 让女人说爱不容易，爱上后让女人说不爱则更难。

450 爱是一枚挂在悬崖边的果子，要得到它极容易
坠落。

451 约会的时光总是倒着脚走路。

452 爱情是一场豪赌，输得起的人不多。

453 爱是一种可以改变一个人从里到外心态的美好
气氛。

454 你对伴侣了解得越透彻，你未来的生活就越枯
燥无味。

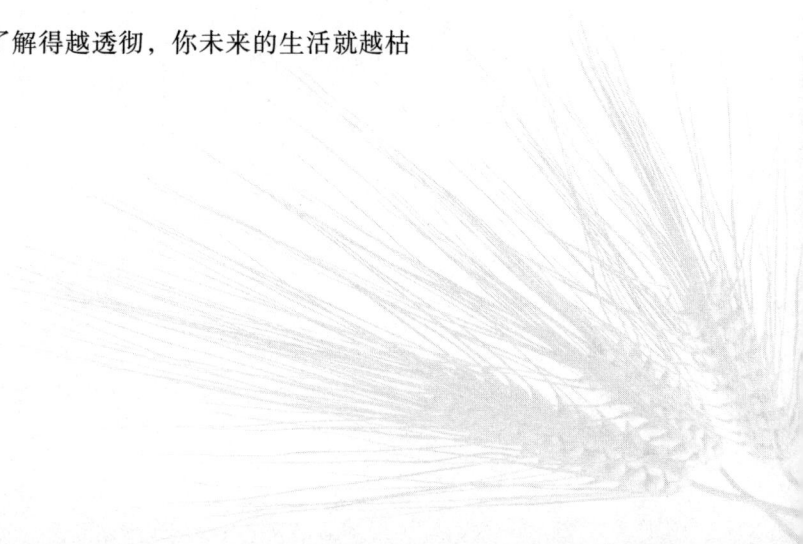

455　爱的契约由情人的目光来签。

456　对于情侣的隐私，有时蒙在鼓里比真相大白还要好。

457　爱的真正价值，在于它所产生的蓬勃向上的生命力。

458　缅怀那些过去的，就容易忘记这些现实的。

459　除非爱情本身毁灭，外来的压力只能使它更加巩固。

460　绝对诚实与绝对不诚实，同样会给我们的情感带来危机。

461　所谓对一个人的绝对诚实，就是要对他说那些
　　能说的话，而不说那些不能说的话。

462　秘密与谎言，一样都能使情侣疏远。

463　孩子总是在往前走的，问题是我们能否适时地
　　在他们脚下设置一些他们有能力攀登的阶梯。

464　在道德的标准上，诚实偶尔也会屈从于爱情。

465　健康的亲昵，这显然是一个遥远而伟大的目标。

466　道歉的艺术来自诚实。

467　成熟的爱，是男人的量与女人质的总和。

468　重复对方的职责，还不如重视对方的独立。

469　胆怯常借粗暴来掩饰。

470　熟悉的草地上有怀旧的温馨；陌生的树林里有探险的刺激。

471　有时想象中的东西，要比实际中接触到的有趣得多。

472　所谓艺术品，总得有一些能令人回味的地方。

473　给孩子们制订一个很快就能达到的小目标，远比制订那些暂时实现不了的大目标更有实际意义。

474 大部分的痛苦都是由恐惧产生的；大部分的恐惧都是由隐瞒产生的。

475 了解我们内心世界的人，常常又在家庭之外。

476 最失败的婚姻，短时间内会毁灭一切希望。

477 第一个风暴袭来的时候，第二个风暴正在酝酿，阳光只是在这中间出现。

478 热爱生活是指热爱生活中的一切，而不是你所热爱的那一部分。

479 诚实是能让人信任的中间人。

480　热爱生命的最好表达方式，就是不中断地恋爱。

481　孩子的性格是父母期待的影子。

482　请你帮忙的人，在请你的时候，就已经把报酬
　　　给你了。

483　把那些小痛苦隔绝在孩子的门外，无异于把这
　　　些小痛苦集中起来，待你离去后，再一起降临
　　　在他们头上。

484　跑步的人无法倾吐心声。

485　孩子茁壮成长的基础，依然还是有秩序的常规
　　　生活。

486　孩子们经常在试探我们对他们行为宽容度的极限。

487　对爱没有反应的人是不存在的。

488　精神虐待的后果远比生理虐待的后果严重得多。

489　孩子一兴奋，就不知分寸了。大人又何尝不是
　　　这样。

490　一个会走路的孩子，总在用行动来要求我们更
　　　加注意他。

491　屈服只会使孩子埋下逆反的种子。

492　恐惧造成最大的后果是思想负担。

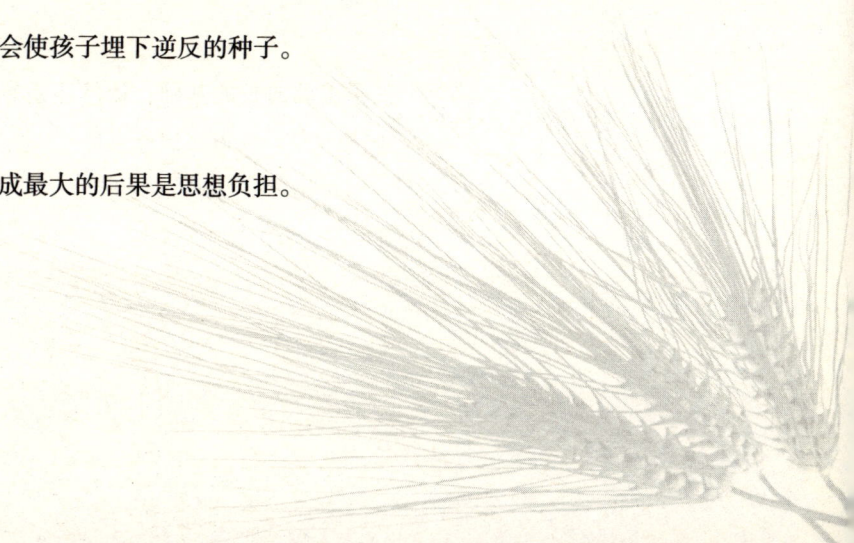

493 通过自我奋斗而获得成功的父母，时常又把孩
子自我奋斗的路堵死。

494 家长对自己所做的事情充满信心，孩子就能学
会自信。

495 第一缕春风拂来，总是由女人无意感觉到的；而
第一片秋叶的落下，则是由男人们来有意提醒。

496 生活一自在，大脑就开始迟钝。

497 我们大多数的成功，都是及时地利用了对方的
失误。

498 归根是落叶无可奈何地叹息。

499 研究我们理论最深刻的正是那些时刻都想消灭我们的敌人。

500 不能嘲笑自己的人，也就无权嘲笑别人。

501 不知道何时人们才能够明白:我们处理问题的方法，都是我们自言自语同自己商量的结果。

502 关心他人，具有平复心灵创伤的显著效果。

503 自我怜悯绝不可能增强心理耐力。

504 只要对自己命运能保留一点支配能力的人，逆境中他总是会想出一些办法来的。

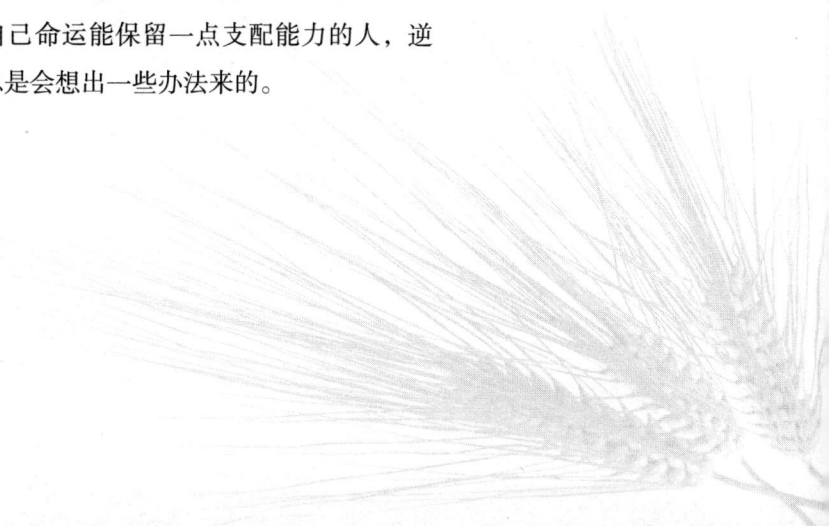

505 不被难以抗拒的现实所麻醉，我们就一定可以
激发出惊人的力量和智慧来指挥自己的命运。

506 厄运降临的时候，人们首先就是不肯相信自己
潜在的能力。

507 我们的日记，一半是对自己内心世界的忏悔，
另一半则是对别人内心世界的猜测。

508 我们的内心世界由两个人组成，一个人在生
活，别一个人则在指导生活。

509 激动是对可能发生的事情充满关切。

510 充满神秘感的黑夜，是我们最能听清自己心跳
的时刻。

511 你越强大，你对别人就越有支配权。

512 我们凭着情感去认识世界；我们凭着理智去感
     受世界。

513 自我怀疑的后果，就是极有可能使事情弄假成真。

514 我对自己的最高奖赏，就是做一件自己喜欢的事。

515 因为太阳就在它身后，月亮才彻夜不眠地倾泻
     爱抚之光。

516 孩子特别忙，是因为他们除了玩之外，就再也
     没有时间了。

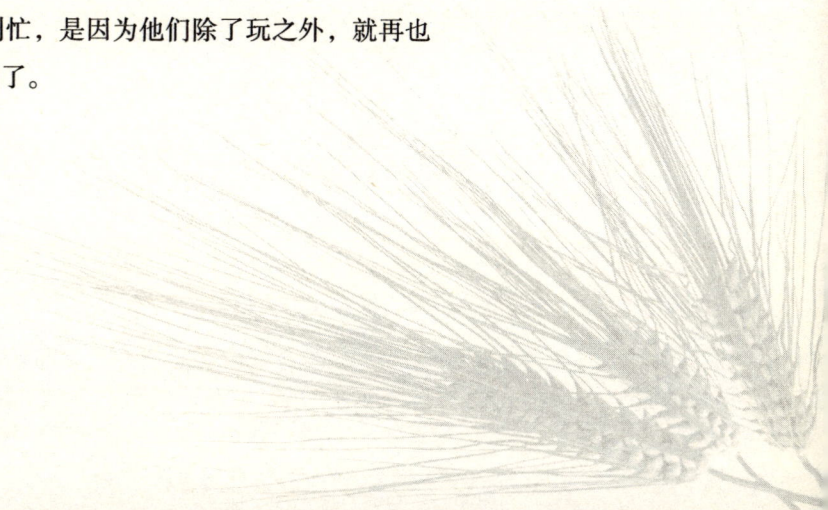

517　更多的时候，不是我们带着孩子玩，而是孩子带着我们玩。

518　没有鸟的树，梦也是寂寞的。

519　太阳没有出现的时候，我们也曾屈服于乌云。

520　我们都是孩子心中的鸟，他们把我们放出来的时候，我们已无力在蓝天翱翔了。

521　孩子攀登阶梯的扶手是兴趣。

522　眼睛之光，是灵魂之神。

523　一样的世界，人们的眼睛却只看自己心里想着
　　　的那一部分。

524　眼睛不倾斜，世界便不倾斜。

525　闭上眼睛，你属于世界；睁开眼睛，世界便属
　　　于你。

526　眼睛的密码只有情人才能破译。

527　眼睛的遗憾就在于能看许多想得到却又无法得
　　　到的东西。

528　眼睛透明是因为心灵清澈。

529　抱怨阳光太强烈的人，他也许正睁大眼睛看天空。

530　眼睛之波由心灵之风掀起。

531　我们的眼睛看别人，别人眼睛也正在看着我们。
　　　我们的眼睛看不到自己，也不看自己。

532　泪水之泉滋润心灵的绿荫。

533　心灵的情感，常常从眼中白白流逝。

534　许多问题，我们都可以从孩子的眼睛中找到答案。

535　对大家都有利的事情，往往对我们自己同样有利。

536　没有嘲笑蜡烛的星星。

537　今天并非昨天的遗产，而是对明天的透支。

538　社会只会对我们的行动表示关注，而绝不会迁就。

539　荣誉只会给我们增加一些自信，而排斥掉一些
　　　智慧。

540　勇敢者最亲密的朋友就是自信。

541　播种依赖激情，收获要靠智慧。

542　许多人迎你而来，是因为你正好迎他而去，绝
　　　不含欢迎的成分。

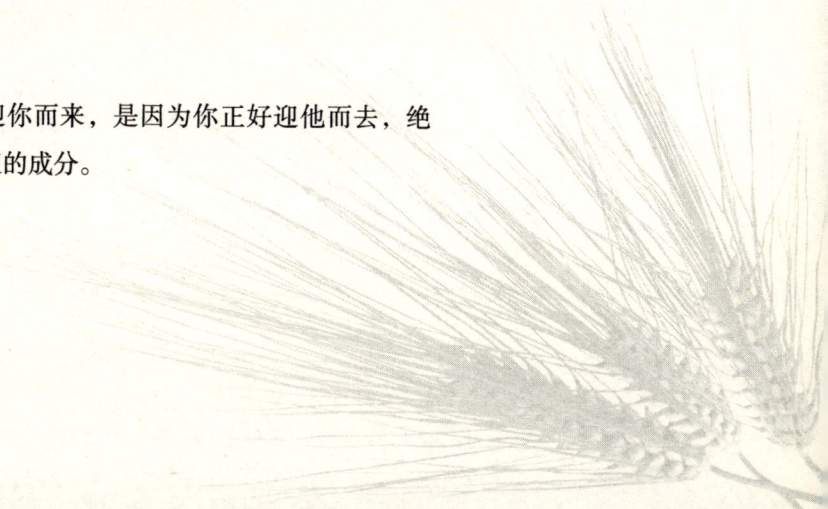

543　有时我们不是缺乏力量，而是缺乏准确运用力量的时间。

544　最让谦虚尴尬的是：许多不值得谦虚的人总是那么谦虚。

545　聪明如种子，要想它发芽的话，总是需要隐瞒一些。

546　赞美的树上只挂一种果子，你自己挂上去了，别人的就无法挂上。

547　痛苦的犁总是把自卑埋下，然后把自信翻起。

548　你不去想自己的短处，别人就会去想。

549 我们花费在掩饰错误上的力气，远比花费在改
正错误上的力气要大得多。

550 心中只要一有隐瞒，心灵就不会轻松。

551 不让别人从你的门前经过，你就难以从别人的
门前经过。

552 嫉妒说到底，只是一种不服气的羡慕而已。

553 知道了别人反对什么，你就会知道别人拥护什么。

554 暴露缺点的人值得爱，改正缺点的人值得敬。

555 只要穿上了意志的鞋，所有的道路都将对你微笑。

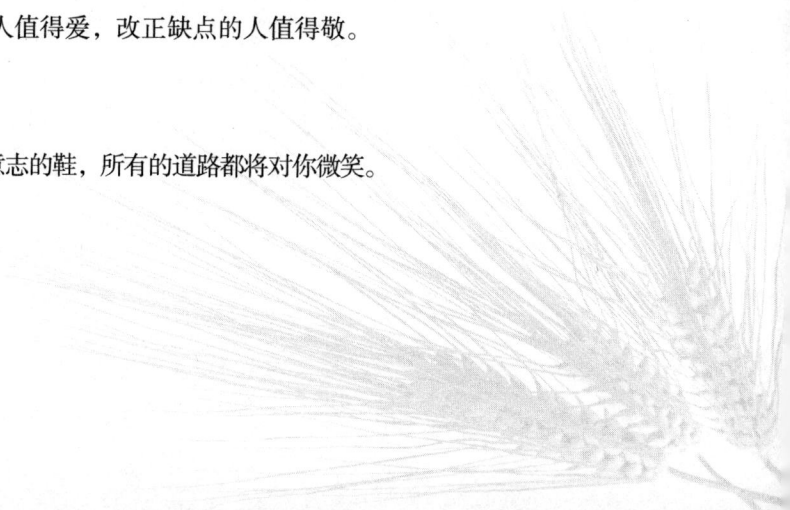

556　把现实当成梦境，有时就是理想。

557　用不花钱的东西，就得花费一些其他什么。

558　消失的钟声，上帝也无法把它追回。

559　快乐是夜空中的星星，虽只有一点光亮，大家
都能看得见。

560　大部分智慧如流星，那道光闪过之后，又回到
从前的黑暗。

561　获得智慧的时间是多么长啊，而运用智慧的时
间却又是那么短。

562 没有思想的记忆总是短暂的。

563 幻想如一只活泼的小鸟，总是在孩子的树上跳跃。

564 没有梦幻的人，夜的意义已经失去一半。

565 知道自己弱点的人是聪明的；控制自己的弱点
的人是智慧的。

566 只有花朵才有资格评价园丁。

567 人们真正能做主的地方是心灵，而大多数人总
是放弃这种权力。

568 教唆别人侮辱我们的，就是我们自己的不良习惯。

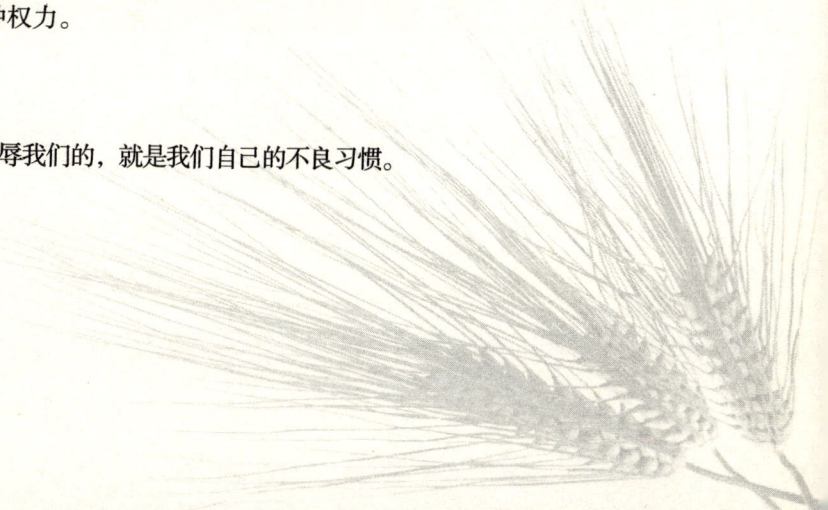

569　越想引起别人注意，越就没有人去注意。

570　婚姻始于甜蜜的谎言，而毁于坦诚的真话。

571　婚姻如一瓶已开启的酒，喝完了也就喝完了，
人们只知道赞美那装饰得很漂亮的空瓶。

572　命运推窗的时候，连梦已睡熟了。

573　生活对于生活者来说，永远是一个谜。

574　自然地爱，就是成功地逃离自我禁锢。

575　人到被人怜悯的地步，确实令人怜悯。

576 安慰的信笺收藏在同情的信封里。

577 过去的时光，一不小心就会变成一种日益加重
      在我们肩膀上的负担。

578 成功激励别人，错误教育自己。

579 就像树上的鸟与水中的鱼一样，一个人的行为
      不能与另外一个人的行为相比。

580 适当的幻想是心理健康的内在表现。

581 孩子欢悦的时候，知识就被他们无意吸收了。

582 对理解的渴求，是人们从生到死的希望。

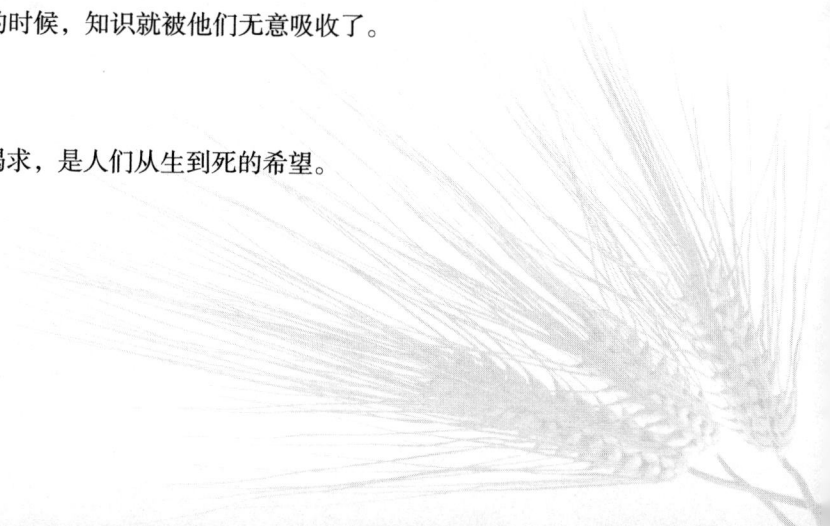

583　慈爱是现实中的上帝。

584　最痛苦的惩罚是自责。

585　原谅别人比原谅自己要容易得多。

586　惋惜中只有一半忏悔。

587　对于不幸者来说，唯一的安慰就是去帮助比你
　　　更不幸的人。

588　孩子一生气，上帝也会不高兴。

589　婴儿时期，是人生观察世界的最佳阶段，也最
　　　接近真理。

590 人到了会说话的时候，大都是把不会说话时的
观察说出来。

591 做的时候，就不要去想；想的时候，就不要去做。

592 春芽冒出来，是因为冬叶已经飘落了。

593 良好的情绪是珍惜健康最有效的方法。

594 我们珍惜快乐，实在是因为生活中能让我们快
乐的时间太少了。

595 花朵在枝头上总是美丽的。

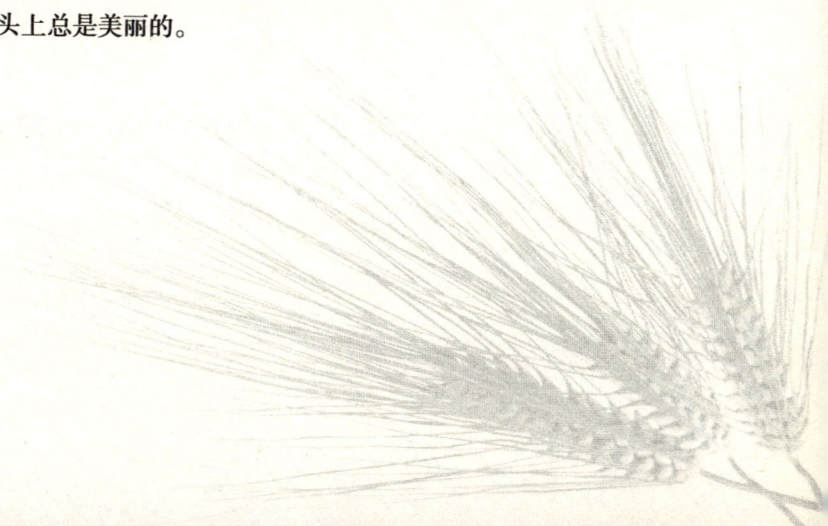

596　在混乱的秩序里，最好的与最坏的都会同时登台表演。

597　兴趣相同的人在一起，一般不会撒谎。

598　你们把祖先遗留的果实虔诚地供奉在那里，我却把它吃掉，然后把它的种子埋进泥土。

599　在绝对自由的氛围里，我们中的大多数人只会变得更加懒散。

600　孩子因为一语道出真情，所以才常常受到大人们的指责。

601　谎言最初出现的时候，我们都觉得它因神奇而有几分可爱。

602 该结束的时候就能够让它结束，我们才有可能
去享受生活。

603 倾慕的眼睛，使青春显得更有弹性。

604 魅力来源于气质，而不是相貌。

605 羽毛不漂亮的鸟，同样可以飞上蓝天。

606 人们鄙视你也好，崇拜你也好，有时都是为了
让你不要忽视他的存在。

607 过日子并不难，过好日子却实在不是一件简单
的事。

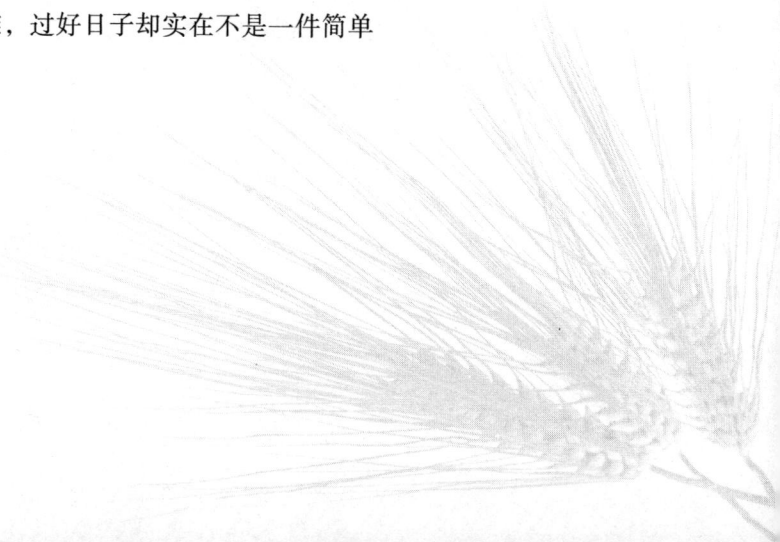

608　我们常常穿着微笑的服饰，遮掩着心灵的创伤。

609　我们的生命仅仅是自己的，我们检点自己，就
　　　是为了不让爱我们的人失望。

610　向心灵展示秘密，是孤独者打发时间的连环画。

611　女人的魅力是她的力量；男人的力量是他的魅力。

612　女人知道的不多，晓得的不少。

613　倾吐秘密，心中渐渐敞开一扇心扉，友谊的阳
　　　光就会自然而然地透亮你的人生。

614 心高者，自然孤独；志远者，自然寂寞。伟大的悲哀只有伟大者自己知晓。

615 畸形的欲望并非都是欲望者本人所愿。

616 伤害我们的人，总是那么轻而易举地就找到了我们心灵最薄弱的地方。

617 权力愈大，造成的灾难也就愈大。

618 春天蓬勃的生机，给了我们刻骨铭心的希望；那是因为我们都曾经历过冷清寂寞的冬天。

619 云彩是无声的诺言，正在蓝天里对话。

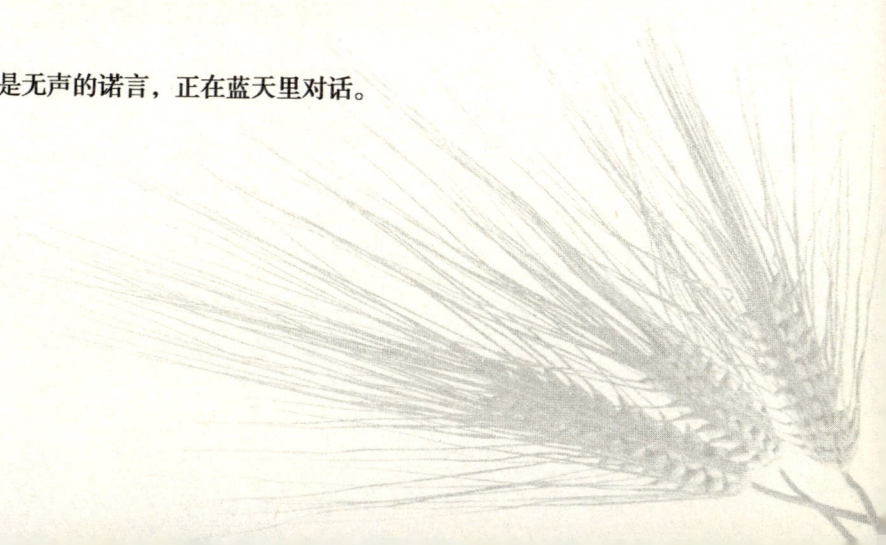

620 人生不可避免的俗事，连伟人也无法去避免。

621 情侣进入了婚姻这一幕，就再也没有什么好戏了。

622 赞美的阳光，会使我们的能力盛开。

623 男人说话的神态远比内容更加吸引女性。

624 女性的羞涩是情感中最含蓄的一句诗。

625 太容易得到的东西，总不会有人珍惜。

626 为了你，我的爱人，我必须学会听你心中没有说
    出的话。

627   成熟的爱总是可以相互取暖的。

628   女人只要征服男人，男人却要征服世界。

629   情感不拨动，心灵这根弦就太平静了。

630   爱的小屋挂着淡蓝的窗帘，相爱的人儿既不愿
       意让外人看见，也不愿意看见外人。

631   失败了，表示你的命运将再一次面临新的希望。

632   我们满足了别人的需要，别人也会满足我们的
       需求。

633 过于礼貌的陌生人会使我们不安，过于礼貌的
朋友也同样会使我们不安，礼貌总是在半生半
熟的交往中出现。

634 我们常常讨论一些无关紧要的话，以掩饰我们
不愿意正视的现实。

635 并肩的树，也只能在最深处或者最高处交谈。

636 高飞的鸟儿，翅膀上绝对不带任何负担。

637 机遇偏爱那些不乞求它的人。

638 老年人总是有故事的。

639　小说家所写的内容，大部分都是自己不能实现的梦。

99

640　没有失望，其实就是最大的失望。

641　谎言的大部分目的，都是为了使自己能够引起别人重视。

642　什么事情都往好处想的人，最能够体谅别人。

643　欢乐只是寻找愿望，而不寻找理由。

644　只有别人把门打开的时候，我们才能走进他的心房；所以我们能够看到的，都是别人愿意让我们看到的。

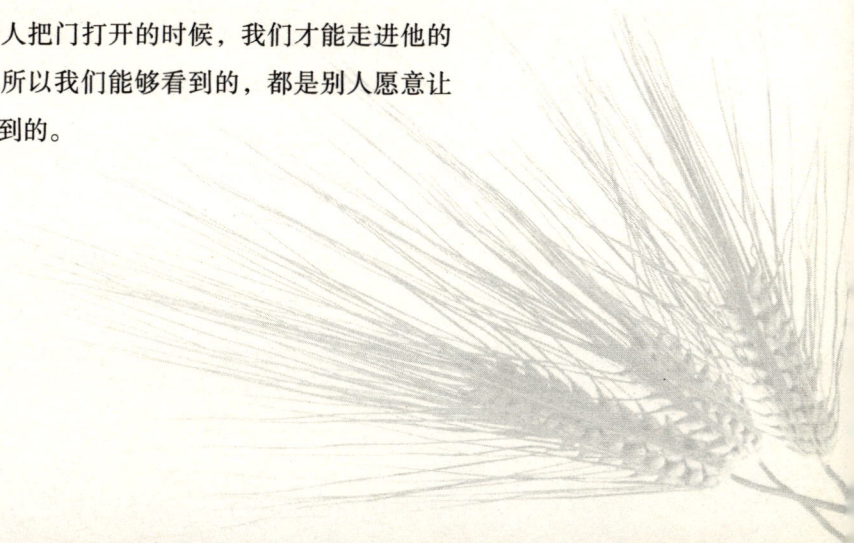

645 世俗的目光，可以穿透我们为自己精心挑选的
服装。

646 忘却，其实就是把你暂时不用的东西收藏起来
罢了。

647 聚精会神地同客人交谈，那便是最好的招待。

648 理解是一种宽容，谅解则是更大的宽容。

649 无法原谅自己的时候，我们不妨去原谅别人。

650 我们要改造环境，是因为不适应这个环境；我们能
够改造环境，是因为我们首先适应了这个环境。

651 我们常用不正确的方法，证实自己的正确。

652 正确的防御胜过蹩脚的进攻。

653 妻子生活在童话中，丈夫生活在寓言里。

654 是我的歌声感动了你吗？但我只是为了真诚地
     唱好那首我喜欢的歌啊。

655 几乎没有人对外来的侮辱无动于衷，但对于自
     辱的不良习惯却总是熟视无睹。

656 诺言的报复心最强。

657 梦境是对现实世界的补偿和注释。

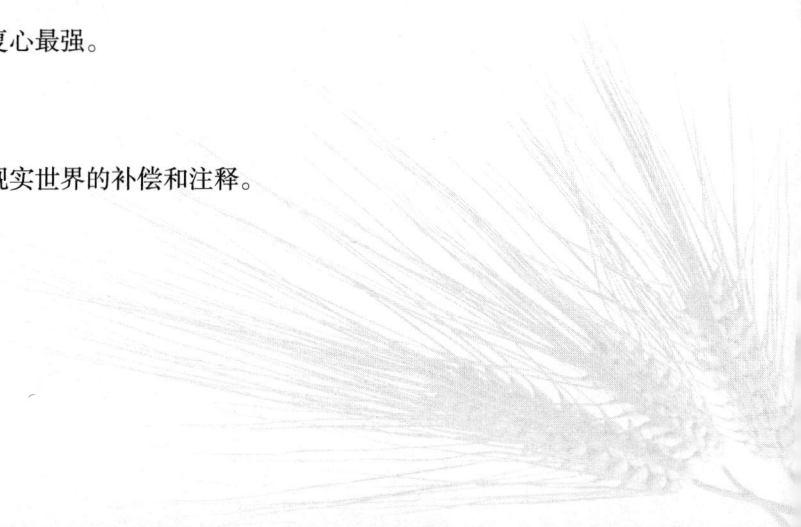

658　幸福的时候，不知道这就是幸福。懂得了幸
　　　福，却又有许多理由让我们无法去享受。

659　夏日的夜晚，我总在等待着流星，看它那微弱
　　　的光亮，是怎样点燃黎明的。

660　生活是一本书，要想完整地了解它的内容，总
　　　得一页一页地翻过去。

661　我们刚经历过的，也许正是将来我们还要去经
　　　历的。

662　宽容的人，永远没有对头。

663　我们所学的知识，决定了我们的生活。

664　心中的那潭清水，只有在春风中才漾起一丝涟漪。

665　看不见上帝，我们只能一遍又一遍地祈祷。

666　在大自然面前，我极力控制自己不要陷进爱它的沼泽地，但不行。

667　对于帮助和支持过我的人，我唯一的感激就是永远记住他们，并且设法让他们知道。

668　太诚实，有时却会造成不诚实的后果。

669　自信的钟声一敲响，心灵就会变得年轻。

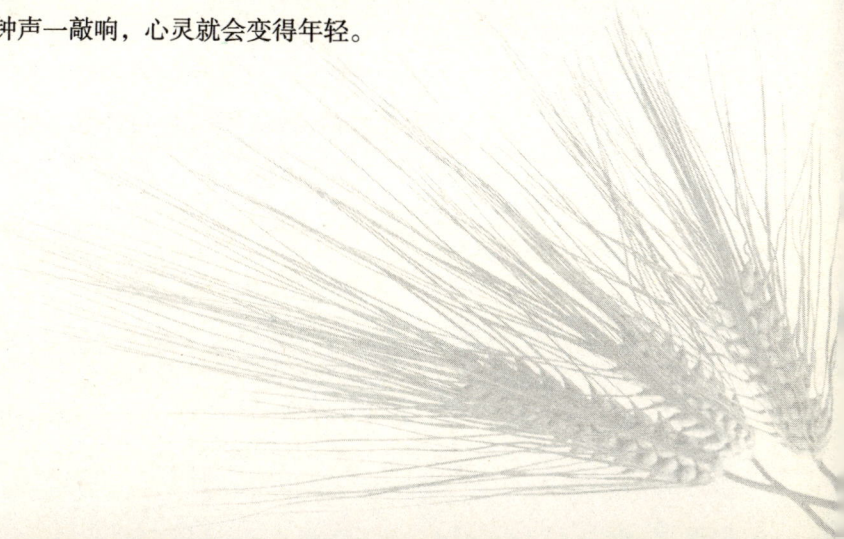

670 空中的鸟很难知道水中鱼的深沉，水中的鱼很
难知道空中鸟的潇洒。

671 冠军永远不会从观众中产生。

672 平凡的日子如一本未翻开的书，总是蕴藏着浪
漫的记忆。

673 记住那些应该记住的不容易；遗忘那些应该遗
忘的则更不容易。

674 我们一生都在反刍大地赐予我们的那些博大精
深的内涵。

675 羽毛暗淡的鸟，声音多半好听。

676 要想别人记住，首先得引起别人注意。

677 人们容易长期记住你的，大都不是相貌，而是
气质。

678 命运如诚实的土地，你播种什么就收获什么；
情感如神秘的山谷，你呼喊什么就回答什么；
生活如清澈的明镜，你给予什么就回报什么。

679 无论是幸福或是悲哀，别人身上发生的事情，
同样也会在你身上发生。

680 衷心的恭维是最好的指导老师。

681 真正认识了自己的能力，也就认识了别人的能力。

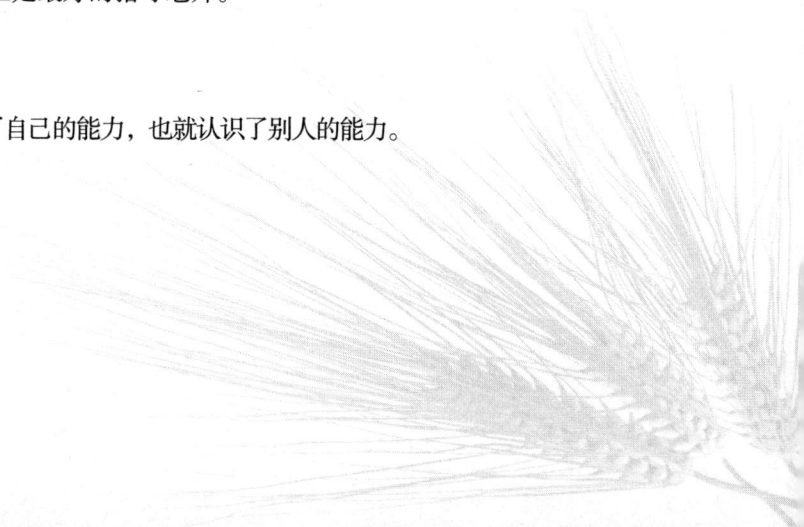

682　为了满足人们对星星的崇拜，萤火虫款款飞来。

683　信仰的深浅，决定成功的大小。

684　帮助别人，实际上是去寻找帮助自己的朋友。

685　云雀在空中唱歌，看不见它的踪影。美妙的歌声无
　　　论来自哪，都是美妙的，何必一定要看到歌唱者。

686　滚烫的谎言最容易把心灵炙伤。

687　并不是所有的鲜花都在春风中开放。

688　纵然站在河边，也有因干渴而死的时候。因为有
　　　的水是不能喝的，而有些人是根本是不低头的。

689　逆境常常是从成功那里预支的某种祝福。

690　情感如夏夜的风，易感受而难捕捉。

691　让我们真正能够领会生活内涵的教师，只有
　　灾难。

692　欣赏可以得到激情，却无法得到深沉。

693　好的音乐是人类杰出者为自己建造的天堂。

694　人们往前走，都是为了有所收获。但是任何获
　　得都将使你背上沉重的包袱，从而缓慢你前进
　　的步伐。

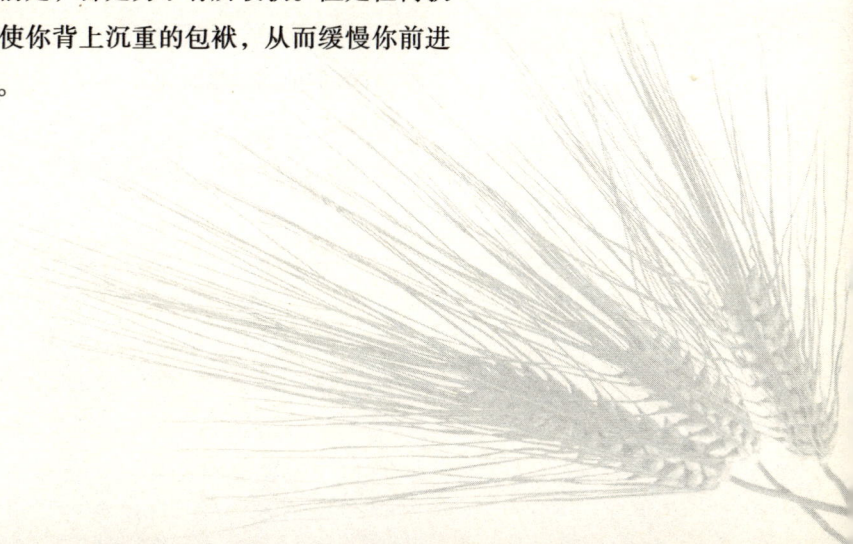

695　真实的谎言，目的都是善良的。

696　一首好的歌曲，可以让许多人去帮作者兴奋。

697　痛饮大自然的美景，我们就会沉醉在生命的欢
　　　欣之中。

698　豁达到连胜负也没有了，我宁可不要别人说我
　　　豁达。

699　诚挚的爱心带给我们用不完的灵感。

700　艰辛地劳动，并且忍耐着，成功的路才有可能
　　　在我们前面时隐时现。

701 经验是最重要的秘诀。

702 既然我们没有精力去亲自做每一件事，那么我
们就只有相信别人了。

703 孤寂是一种氛围，孤独则是一种心情。

704 时间有时会使我们的敌人与我们相互了解，以
至相互尊重。

705 有些小草竟然开出了海水一般蔚蓝的花来，难
道它们见过大海吗？

706 你不控制时间，时间就会控制你。

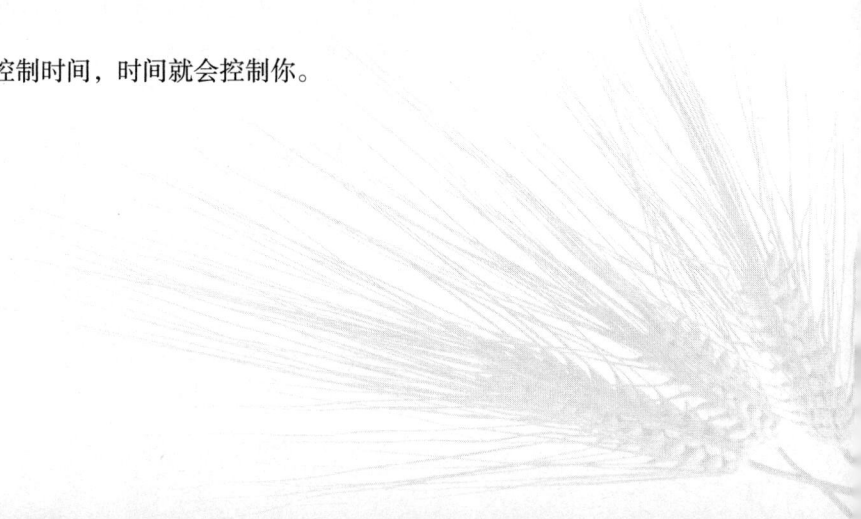

707　只有我们隐瞒世界，世界从不隐瞒我们。

708　人类到了崇拜土地的时候，不低头也是成熟的。

709　诚实造成的恶果，有时比谎言还大。

710　在某种时刻，摇头恰好是赞美之极。

711　我们总是在欺骗别人之前，就已经开始欺骗自己。

712　躁动在旷谷中的云海啊，真让我有些惊讶：虚
　　　无缥缈的你，竟然也能纷纷拥拥浩浩荡荡得如
　　　此气派。

713　晚钟把夕阳敲碎，是否为了让人们的梦多些色彩。

714　能标出一条航线，我愿葬身于碧波。

715　雨水渗透的地方，阳光多半无法照耀。

716　思维中的男人创造世界，行动中的男人却又常常毁灭思维。

717　坦荡穿着忠厚的外衣，尊重戴着美德的帽子。

718　我们常常因为期待不到别人的歉意而心情烦躁。

719　我们以喜欢别人的方式表现自己的优点；我们以厌恶别人的方式流露自己的缺陷。

720　阅读春风之后，就得让天空阅读你的心情。

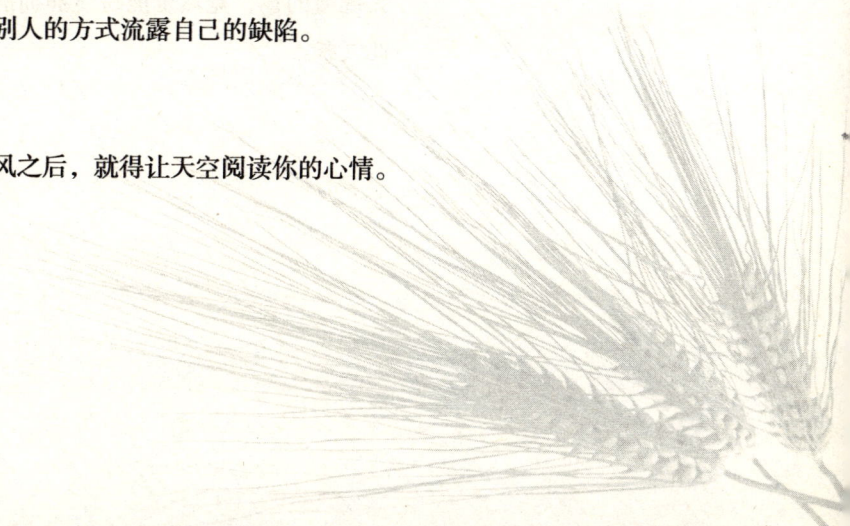

112

721 春天如一个正在行走中的少女，你注不注意，
她都得行走。

722 春天是没有静物的，连泥土也会在田野上空散
着芬芳的步。

723 爱不是调和色彩，爱只是融化色彩。

724 高大的树，阳光与乌云同样地青睐它们。

725 旭日读懂了新月的心情，露珠就闪烁着被爱的
愉悦。

726 智慧是灾难的佛光。

727 我们本来可以在人生的道路上走得更快些，就因为这路上有太多的羁绊，而这些羁绊大都是我们自己心甘情愿招来的。

728 祈祷并非能让我们的财物变得富有，却能使我们的精神变得充实。

729 蝴蝶忙了一季又一季，仍数不清这世界上究竟有多少朵美丽的花。

730 真诚地被他人所爱，有时也会是一种负担。

731 再巧妙地拒绝都是一种伤害，甚至是彼此之间的共同伤害。

732 我们无法改变舆论，舆论却可以改变我们。

733 什么都没有，就什么希望都有；什么都有了，
就什么希望都没有。

734 我们努力活着的理由，有时竟然就是为了给别
人看。

735 人生之不幸就是：苦苦追寻的拂袖而去，无意
获得的却悄悄而来。

736 好演员总是希望观众永远不要离开。

737 美与丑一相撞，就会有智慧的火花出现。

738 孤独，在忙碌的阳光下无影无踪。

739 能提出问题的人，极有可能就是解决问题的人。

740 任何创造者，本质上都流着叛逆的血。

741 小溪向往大海，也欣赏大海。所以它只是流向它，而不是整体交给它。

742 伟大人物日常所做的事，大部分仍是普通的事。

743 我们羡慕别人一生的奉献，却不知道别人的每一年是怎样度过的；我们羡慕别人一年里的成就，却不知道别人的每一天是怎样度过的。

744 理解依靠智慧，欣赏只要爱心。

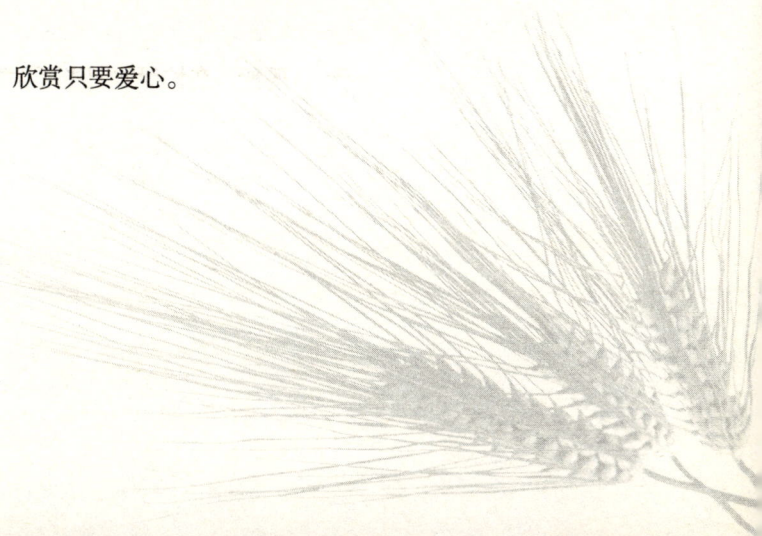

745 我们应当反思自己做过的事，而不是否定自己
所说的话。

746 有的风景之所以迷人，是因为那里的荒凉孤寂
完全把人类排斥在外。

747 阳台上的花，是向路人亲切问候的语言。

748 站在台上，就失去了评论的权力。

749 演员的疑惑，一般是由观众注释。

750 人格的反省之所以痛苦，是因为我们要去拆除
的是自己修筑的心理防线。

751　要想爱的长久，就得留下情感递进的空间。

752　艺术，首先满足艺术家本人。

753　任何一根线，都是一个点在散步。

754　真正的敌人，很可能就是你朋友之中的另一个
　　朋友。

755　热情常披着冷漠的面纱，爱慕常穿着疏远的外衣。

756　追求的犁铧开垦寂寞的荒原。

757　生活中不走弯路的人，就是那些连弯路概念都
　　没有的人。

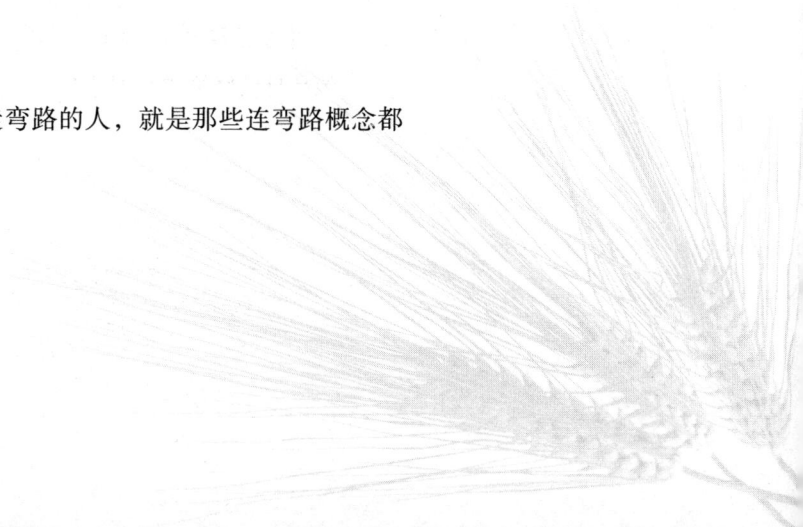

758 梦之舞正在寻找伴侣，我却靠在夜的肩膀上，
读着星星的诗句。

759 男人知道了生活之后，就交给女人去理解。

760 有朋友为我分忧是幸运，我能为朋友分忧则是
幸福。

761 我的朋友，你们犹如春风，吹落了我生命树上
的枯叶，并让我心灵的嫩芽冒出来。

762 兑现一次诺言，信誉就沐浴一次春雨。

763 支配别人的唯一方法，就是满足他的欲望。

764 我们常常用别人鼓舞我们的话来鼓舞别人；别人常常用我们曾开导过他们的话来开导我们。

765 和谐的家庭如芳草地，在绿色的默契之中，孩子便如花朵般开放。

766 女人一般以精神的内容来要求感情的纯洁。

767 执着的追求如一根线，它会把你一切松散的时间都串在一起。

768 帆船因为没有风浪而寂寞。

769 单方的辐射最多只能接受，相互的给予才能交流。

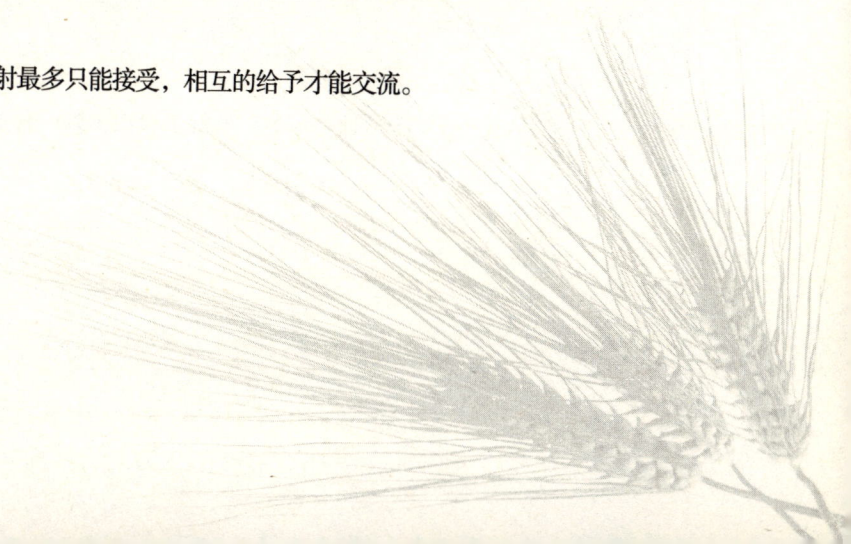

770　我们都是别人秘密的敬仰者。

771　补偿的价格，高得会让你下一次再也不敢问津。

772　让孩子屈从，无论出于什么愿望，都是一种
　　　罪过。

773　心灵想到的，眼睛才能发现。

774　只有大自然才是我们心灵的回音壁。

775　教育孩子，是教育我们自己的最好机会。

776　迷信权威，实际上是以另外一种形式反对权威。

777 对自己诚实的人，才有可能对别人诚实。

778 柔顺的灵魂是依赖，温情的背后有一颗怯弱
的心。

779 宗教说到底就是一句话，你必须首先对自己诚
实。

780 我们对痛苦的承受能力，往往在那些好心人的
帮助之下，逐渐地麻醉了。

781 现成的答案是挂在创造力门上的第一把锁。

782 我们所受的全部教育，只是为了一件事，那就
是寻找每个问题的正确答案。

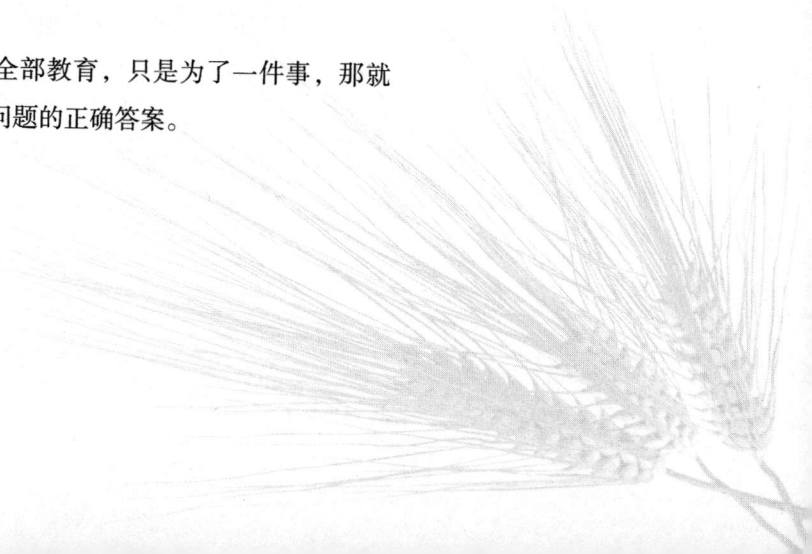

783 父母一沉思，孩子就以为他做错了什么。

784 灵活思维的疏松土壤上，时常会冒出新思想的芽。

785 思想统一的时候，很可能就是创造思维窒息的
时候。

786 权威者的暗示比权威者本人更有影响力。

787 孩子崇拜父母的时候，那他还是个孩子；孩子
开始怀疑父母的时候，那他已经开始成熟。

788 不在父母身边的孩子最坚强。

789 只要几个孩子在玩糖纸，那另外一个孩子就会

连糖果都不要，而要那张糖纸。

790 不是孩子常在找东西吃，而是父母常想买东西
给孩子吃。

791 我们为了满足自己愉悦孩子时所能获得的心
情，就常说孩子嘴馋。

792 只有父母所爱的人，孩子才会爱他。

793 孩子常用哭声告诉我们：在家摔跤比在外面摔
跤痛得多。

794 孩子手中玩具的价值，就在于其他孩子对它的
兴趣。

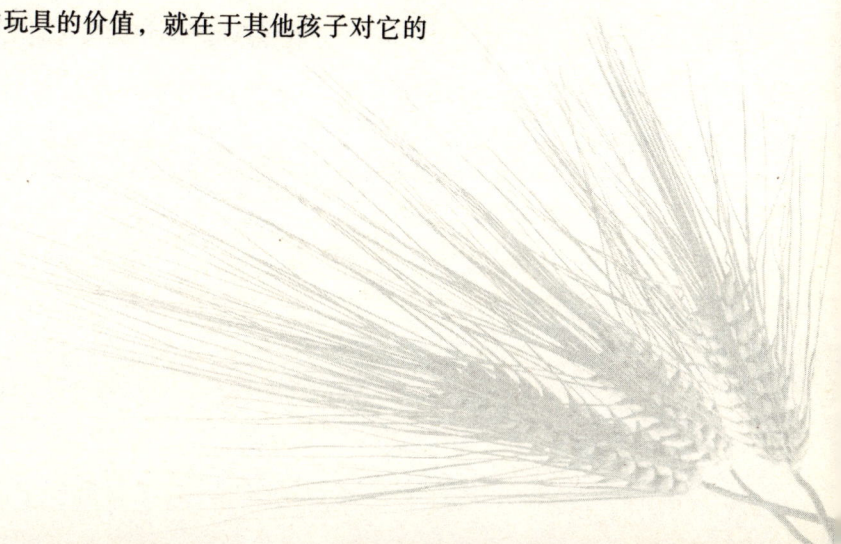

795　除了孩子有意识地撒谎之外，他的一切恶作剧
　　　父母都应该原谅。

796　我们多么自私啊，孩子刚刚学会游戏，我们就
　　　尽可能地剥夺他游戏的权力。

797　孩子眼中看到的东西，就是他执意要买的东西。

798　我们对孩子的爱中，大部分是为了要他承诺。

799　宁可要孩子少说话，也不能让孩子不唱歌。

800　烛光因为裸露了自己的灵魂而流泪。

801　鲜花匍匐于岩石的脚下，月光中仍睁着眼睛，
　　凝视着这大自然的雕塑。

802　什么都不期待，也是一种期待；什么都不追
　　求，或许还是一种更高层次的追求。

803　没有人品尝的果实，只有自己腐烂。

804　现实的黎明黯淡理想的黄昏。

805　没有遗憾的生活，终会在生活中遗憾。

806　岁月的长河中，流淌的都是内在的美。

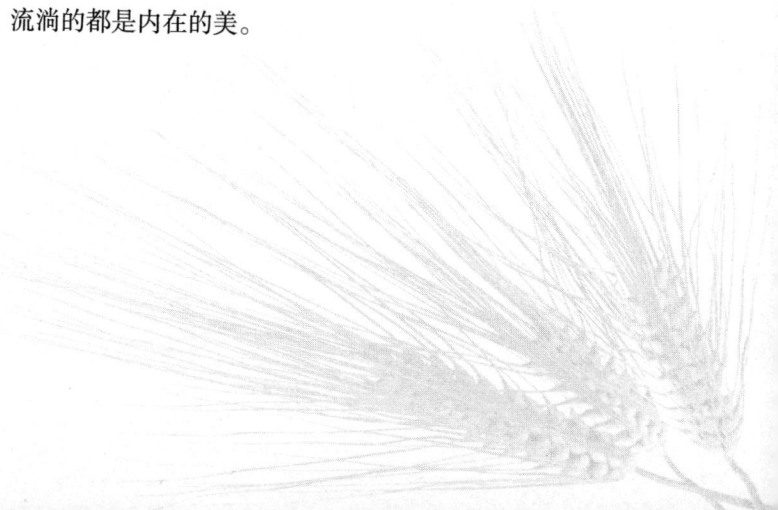

807　相信有了爱就可以改变一切的人，一定是在恋爱之中。

808　初恋犹如那美丽的封面，我们买下了这本书，就得无可奈何地翻阅那一页页平庸的日子。

809　别人有的你都想有，那别人没有的东西你也将没有。

810　我们梦中哭泣的眼泪，阳光下都将是一粒粒闪光的珍珠。

811　世界并非因孩子的天真而变得单纯些，但孩子依然一代代地天真着。

812　年轻时的梦幻是年老后的财富。

813　最美的花，常常是悄然开放的。

814　美丽的花环，有时只不过是一个装饰得非常漂亮的圈套罢了。

815　自己的习惯，总是别人告诉你的。

816　连自己都无法鼓励自己，那我们还能指望谁呢？

817　虚伪的东西，有时离我们距离最近。

818　我们的年轮都是时间的风在岁月的湖面上滑过时留下的涟漪。

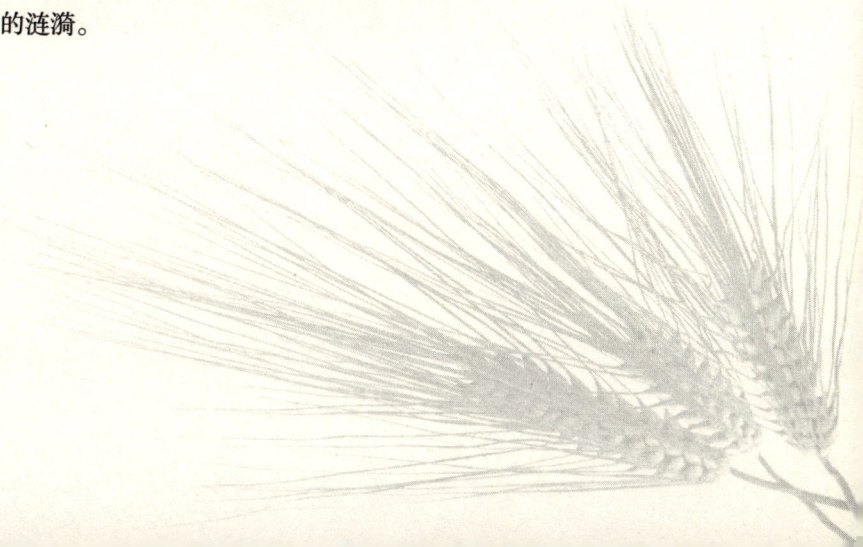

819 留在我们记忆最深处的，总是那些当时毫不起眼的小事。

820 在思想的丛林中漫游，陪伴我的却是那些断断续续的零碎的音乐。

821 你送给孩子漂亮的礼物，孩子赠你愉快的心情。

822 柔情的风，时常与神秘的泉水温存。

823 黄昏的念珠一拨动，朝拜的星星便蜂拥而至。

824 我们在雨季中，才会想到播撒阳光。

825 时装，只是时代的外衣而已。

826 在大自然的阳光里，我如一点迎风而来又随风而去的微尘，所有的漂泊似乎都并非出于本意。

827 夜撑一管箫，月下我便独自划动悠思。

828 感受总在无意识地为我们传递心中的隐秘。

829 在音乐的回旋里，灵感之舟总在不由自主地漂泊在我的脑海里，寻找着某个码头。

830 无欲无望的雪莲，完美着蔚蓝的衬托。

831 雪花的颤抖，只有春姑娘能够感受。

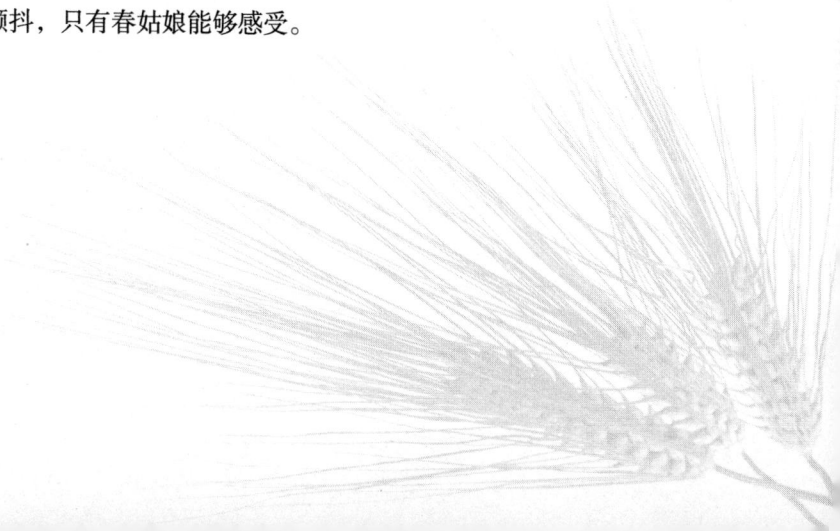

832 春风一抖搂阳光的旗，我们都将不约而同地汇聚在还有些寒冷的早晨。

833 鸟儿的梦呓总是被录进树的年轮。

834 雪白的海鸥一展翅，你的感觉便飘逸而蔚蓝。

835 乖孩子很少有创造力。

836 航标灯一登上充满危机的礁石，就显得那么深沉。

837 整个的婚姻，都是理智与情感相互取代、相互干扰的过程。

838 只有同行者，才有可能彻底出卖你。

839 聪明的孩子，来自温馨的家庭。

840 在所有的学校中，摇篮这所才是最重要的。

841 发现孩子的特长，就是最好培养。

842 培养孩子兴趣的最好手段，除游戏，还是游戏。

843 孩子的想象力，只能来源于大自然这本生动而丰富的教科书。

844 雄鹰绝不会在地面培育它的后代。

845 培养孩子良好的性格，就是送给孩子一件珍贵的礼物。

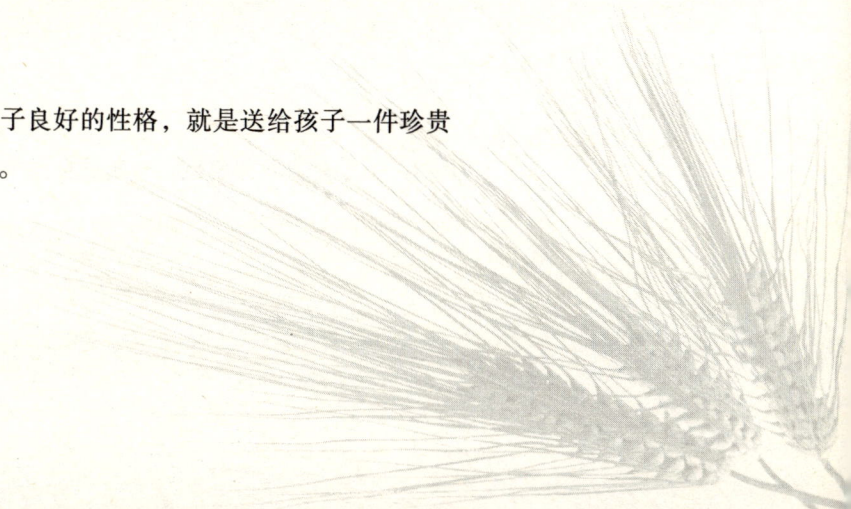

846 孩子合理的愿望达不到，他就必然会产生不合理的愿望。

847 孩子的兴趣总是在父母的鼓励下产生。

848 期待着父母与他平等地交流，是整个孩提时代的最大愿望。

849 孩子是在不断反抗周围的环境中长大的。

850 只要我们不自己毁灭自己，别人是很难做到的。

851 人生的哪一次成功，又不是战胜自己的结果。

852 美貌是自然的禀赋，气质是自己的馈赠。

853 人到了无法孤独的时候，那才是真正孤独。

854 我们自己埋下的祸根，恶果还得由我们自己去
品尝。

855 美丽的花，在黑夜依然美丽。

856 只要是一朵美丽的花，月光下也是诱人的。

857 爱情如花，虽艳丽却易夭折；友谊如叶，因朴
实而能长青。

858 被历史敬仰的人，现实中往往令人厌恶甚至憎恨。

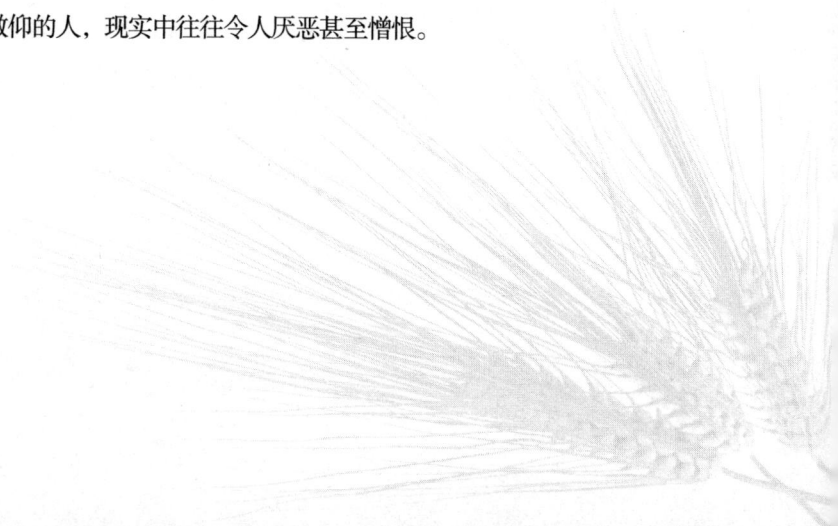

859　生活如万花筒，稍微转一下，就会是一个全新
的模样。

860　在大自然面前，我们因为无知而一代一代向它
挑战。

861　无法实现的理想，常常被人称作奢望。

862　不欺骗自己的人生，很难让人活得安宁。

863　没有音乐相伴的生活，会让我们的生命失去和谐。

864　机遇的大门并非永远紧闭，关键是它打开的那
一瞬，你是否就在它的门口并且迈开了双脚。

865　没有坎坷，便没有人生；没有磨难，便无法产生伟人。

866　人们常用终生的心血去追求某种目标，然后又毫无理由地把它毁于一旦。

867　幽默来自善良的智慧。

868　每当我看见流星时，我就会默然低下头来，这样美好的夜晚，为何会有伤心的泪淌下。

869　父母只能帮助孩子学会改变生活的方法，而无法永远帮助他们改变生活。

870　不为自己情侣的某种爱好自豪，就很难做到忠贞不渝。

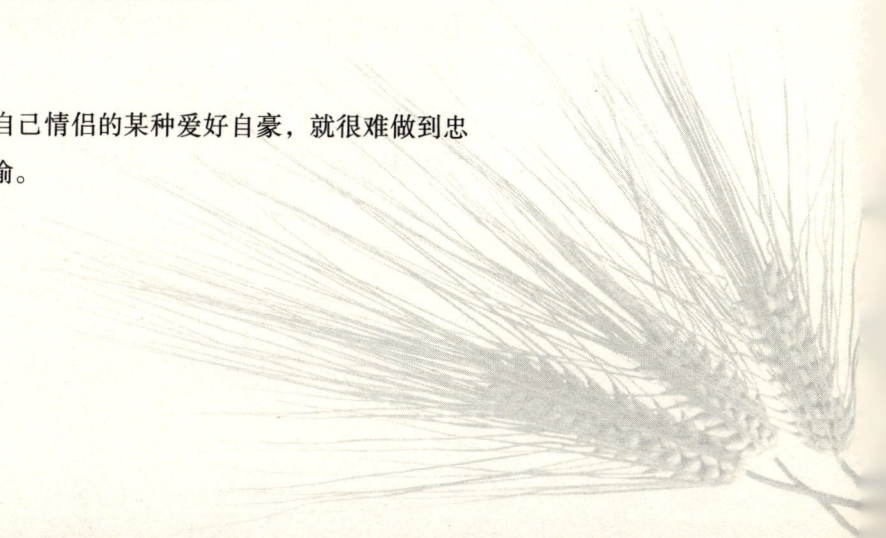

871　越是美丽的花，花期就越短。

872　遗憾往往是催生的力量。

873　没有悠闲的生活，人生往往枯燥而平凡。

874　改变我们人生的，其实就是我们必须面对的无数期望或者绝望。

875　自卑的泪水一溢出，就会萌发自缚的种子。

876　离开园丁之后，我们才开始寻觅花朵。

877　厌倦之前，谁能说曾经没有爱恋过某个人或某种事物。

878 欲望才是历史前进的真正动力。

879 面对自然，我们就思考人生；面对人生，我们
就思考自然。

880 我们能够并且时常地把痛苦积累起来，因为幸
福的片刻对于我们来说尤为重要。

881 教育孩子的最好方法，就是不失时机地给予他
们发展自己能力的机会。

882 记忆的影子比现实更加美丽。

883 观众鼓掌，是因为你代替他们达到了他们在现
实中无法达到的目标。

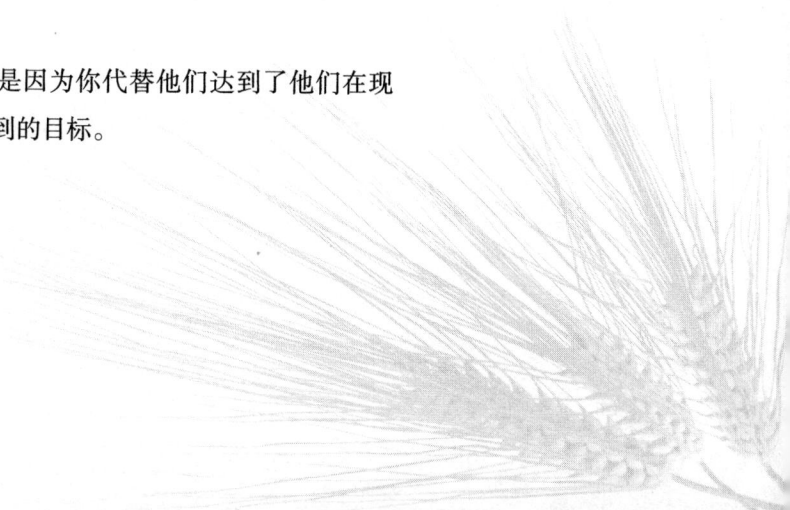

884 过分地自尊，使我们失去了许多学习的机会。

885 善意的批评，其实是一种艺术成分居多的责任。

886 你所鄙视的人，不可能听你的话。

887 最好的主意，往往诞生在那些渴望成功人的渴
望之中。

888 纵然是两片独立的树叶，风中也会聚首。

889 深情的杜鹃，为唱出心中的歌而啼血。

890 沉默的人，把语言都放在与自己的心灵对话上了。

891　情感的潮汐，在岁月的长河中，谁也无法停止它的涨落。

892　依赖者就是他们有所依赖。

893　任何一种选择，同时都意味着某种放弃。

894　小溪是流动的，因而是快乐的，大山是静止的，因而是深沉的。

895　没有阳光的时候，我们就沐浴歌声。

896　没有名字的英雄是没有的，没能被人们记住的英雄却有无数。

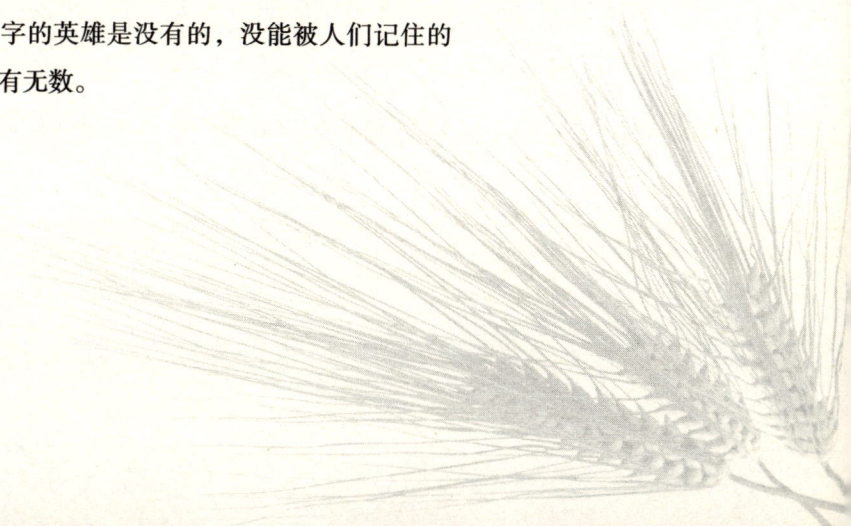

897 常想不可能的事，常做可能的事。

898 尽最大的努力去帮助孩子们的成长，这是每个
成年人应尽的责任。

899 要关心贫穷时的妻子，要注意富裕后的丈夫。

900 岁月无法衰老的感情，距离能让它衰老。

901 孩子在诞生的同时，也诞生了父母。

902 父母给予孩子的爱，并不因一时的灿烂而辉煌。

903 痛切的思恋常常急切地想寻找回往日温馨的
影子。

904　爱一个人是很容易引起共鸣的。

905　等待，有时就是人生。

906　世界太小，安排不下那么多的伟人。大多数的
　　　人就只做一个平凡的人了。

907　上帝并非不公平，而是常常疏忽：不是忘了给
　　　美丽的人智慧，就是忘了给智慧的人美丽。

908　孩子送父母最好的礼物，就是诚实。

909　没有体验的答案，肯定会扼杀孩子的创造力。

910　相貌上看不出品德，但能看出智慧。

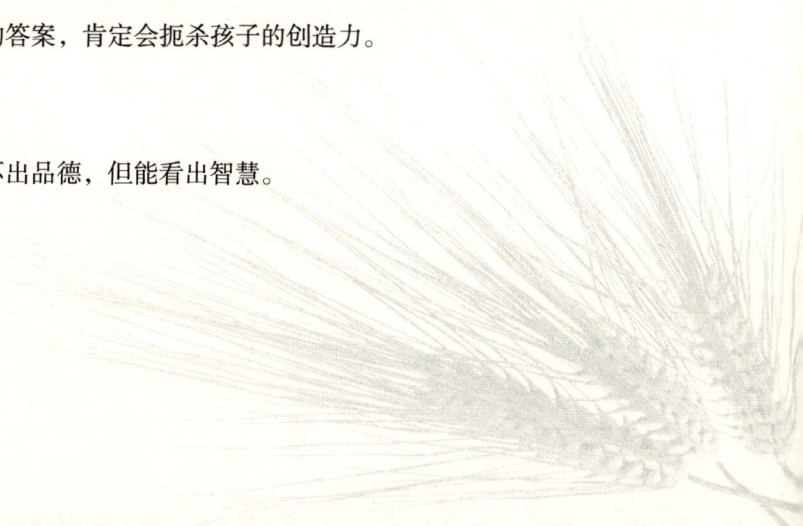

911　责任感常常使我们对孩子的爱变得有些粗暴。

912　活泼使人年轻，寂寞使人成熟。

913　大树倒下之后，人们才会发现，大树的后面原来还有许许多多的小树。

914　财富带给我们的罪恶，远比幸福要多。

915　上帝也只是帮助那些自己能够帮助自己的人。

916　谁也无法估量爱情的力量会大到什么程度，因为人类的感情本身就奥秘无穷。

917　友谊与爱情都是一种牺牲，前者是可以得到补偿，后者则完全是默默无闻。

918　孩提时代的风铃，总是在父母的记忆中轻轻摇晃。

919　不剥开热恋的壳，人们就无法想象婚姻的核。

920　女人与女人之间的友谊，大都是为了找到一个提高自己自尊心的对象罢了。

921　作为父母，最大的安慰就是看到孩子以自己的努力，达到了他们自己想要达到的目标。

922　女人在爱情上的领悟力，远远超过人类的本能。

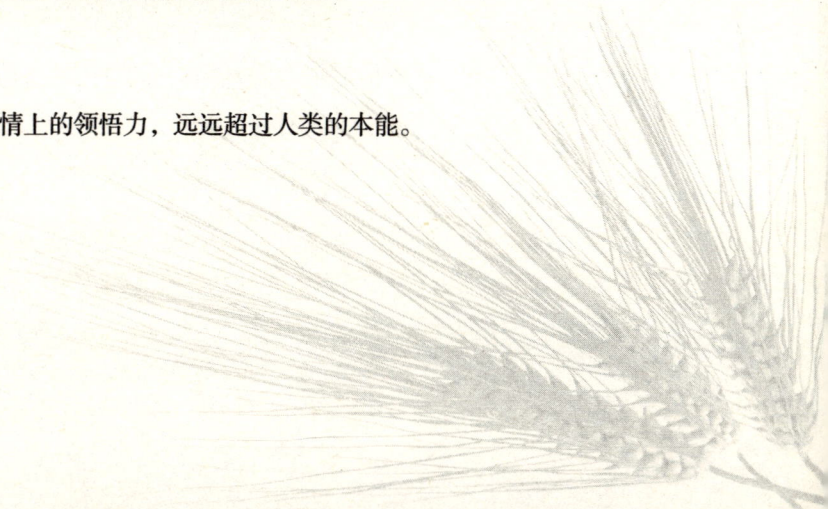

923　我们往往不敢请求别人原谅，就是怕付不起为此所要付出的代价。

924　在许多方面，孩子们以意想不到的方式促使父母进步。

925　孩子的天性，把父母的兴趣不断扩大。

926　只要我们自己不轻易地放弃努力，凡事都会有转机的可能。

927　幸运的孩子，必然有幸福的家庭。

928　只知道以改变自己的方式去适应别人，最终必然失掉自己。

929　孩子只会用眼睛去选择他们想要的东西。

930　被我们称作孩子的人，在心理上已不是孩子了。

931　孩子容易教育的时候，父母常不去教；等到孩子长大了，想教又不容易。

932　家庭是满足孩子物质欲望唯一正当的渠道。

933　委屈孩子，无论出于什么愿望，都是一种不道德的行为。

934　不离开家庭的孩子，心理上很难长大。

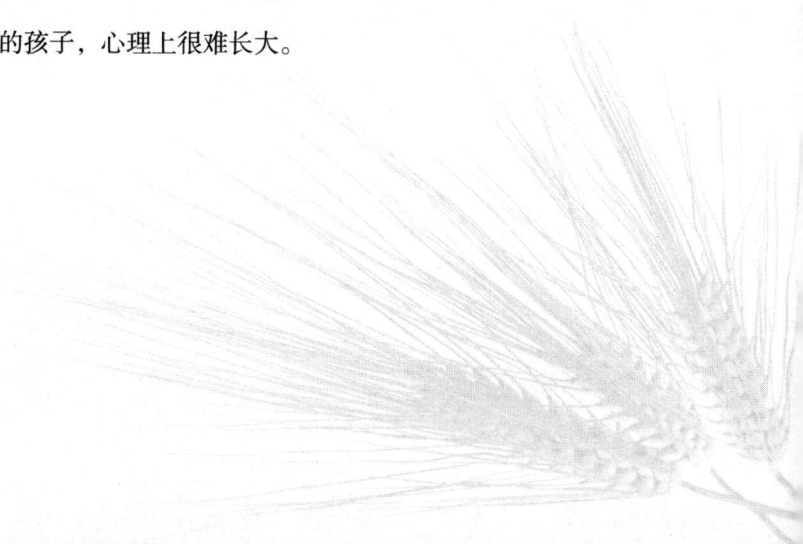

935　真正伟大的事业，仅靠女性的激励是完成不了的。

936　嘲笑嫉妒，是另外一种嫉妒。

937　心灵的谎言，不由自主地从眼光中流露。

938　充沛的精力，往往消耗在无目标的行动中。

939　从整个人生来看，童年似乎就是为了学习语言而设的。

940　孩子除了无忧无虑、毫不负责地娱乐外，很少有其他表现。

941 很难有意外的力量能改变人们习惯的现实，人们便把视线转向舞台，努力去寻找一个能代替他们行动的角色。

147

942 每一条小溪，甚至每一滴水珠，都要对海啸负责。

943 当人类的寿命越来越长的时候，我们却毫无理由地越来越要求孩子早熟。

944 玩具给孩子带来的玩乐，不与价格成正比。

945 有时我们以为孩子是在撒谎，其实那是他们在想象。

946 孩子诚实的种子，正是父母诚实的果实。

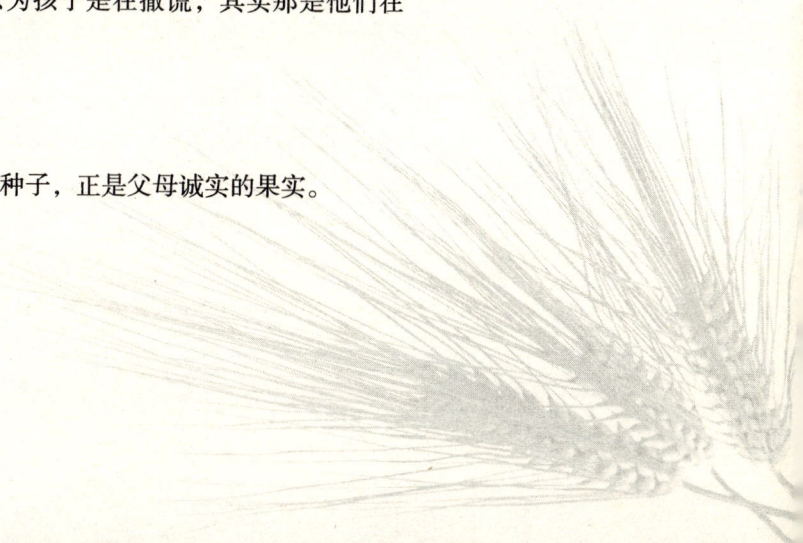

947　孩子如果知道了父母已经把他当成了撒谎者，
也许他真的会撒谎的。

948　如成年人一样，孩子常常也想独自待一会儿。

949　父母的心情是孩子的天空。

950　离开了摇篮的孩子，终会发现这世界原来是越
来越狭小了。

951　要想找出自己的不足，我们要经过多么漫长地
反省啊。可别人一针见血地指出来了，我们往
往又是断然拒绝接受。

952　胜利者总是沉浸在回忆往事之中。

953 人们在创造时，就会停止心烦意乱。

954 妻子能告诉你的，大部分是别人谈的话和做
的事。

955 秘密如鸟在心的树林里栖息，太多了我们就会
放飞一些。

956 世界太大了，有时真不知道这一辈子将被何人
选择，又会去选择何人。

957 不幸有两种：一种是自己运气不佳；一种是别
人运气极好。

958 崇拜，往往是带着自己的目的，去尊重另外一
个人。

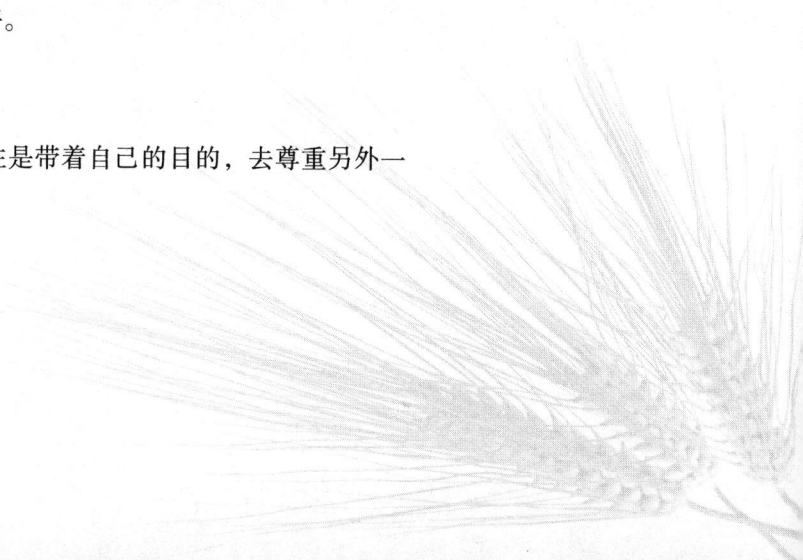

959 开始落在地上的雪花，总是在人们的疏忽中悄悄融化了。

960 对误会的解释往往增加误会。

961 许多应该珍惜的东西，都在我们还未来得及珍惜时，就很快消失了。

962 我们常常以自己的聪明去欺骗别人，其实这正是我们的愚笨之处。

963 贫穷的人视友谊为财富，富有的人视财富为友谊。

964 太阳只不过是宇宙的一个比月亮更深沉一些的梦而已。

965　有时不是生活嘲笑我们，而是我们自己嘲笑生活。

966　在女人面前，男人不是变得更加聪明，就是变得更别愚笨。

967　爱情始于欣赏。

968　好女人就是指那些能让男人更加自信、更加潇洒的女人，有时甚至就是那些让男人觉得她是女人的人。

969　人生的许多经验，往往是为瞬间而准备的。

970　为人处事的最关键处，就是耐心地等待那激动人心的一刻。

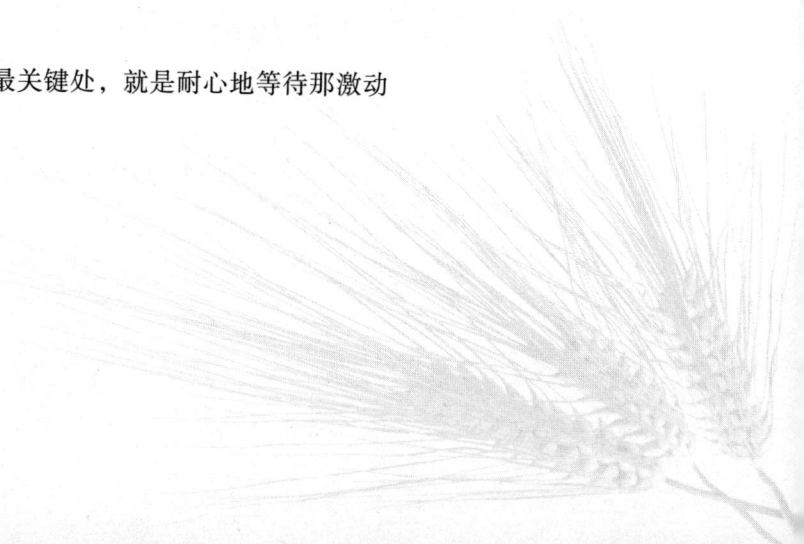

971　好人是一座桥。

972　同样的机遇不会敲第二次门。

973　所谓认清现实，就是既要了解过去，又要看清
未来。

974　最好的朋友，最容易成为最危险的对头。

975　思维的疲惫，导致事业的休克。

976　在我们所欣赏对象的影子里，我们常常会惊讶
地发现自己。

977　所谓休闲，就是有时间做自己愿意做的事。

978 他人给了你物质上的帮助，实际会增加你精神
上的负担，尽管帮助你的人也并不一定都有这
种想法。

153

979 所谓会生活，其实就是会自己安慰自己。

980 假如没有其他用意的话，你的对头一般不会首
先向你妥协的。

981 肯把小利益让出来的人，多半是为了获得更大
的利益。

982 最大的智慧就是能利用别人的智慧。

983 交朋友是一种时间上的经济活动。

984 内心的谴责来的越迟，停留的时间就会越长。

985 对于小人，不管他是得志还是失意，终归还是
要保持距离。

986 最后开口说话的人，往往最容易引起人们注意。

987 真正的痛苦，是无法用语言倾诉的。

988 赌博最终赌的是性格，而不是运气。

989 人在激动的时候，往往会重复某些梦的片断。

990 磨难为生活增添光彩。

991 心有所归的女人，终将幸福无比。

992 能挖掘自己内心世界的人，纵然贫穷，也是暂时的。

993 如气球一般：人在上升的时候，多半是凭自己内在的东西。

994 生命之灯的周围，布满了嘲笑的黑夜。

995 欲望才是生命最终实的仆人。

996 只要对自己真正有信心，别人对你的任何评头论足，都将如浮云掠过天空般无痕。

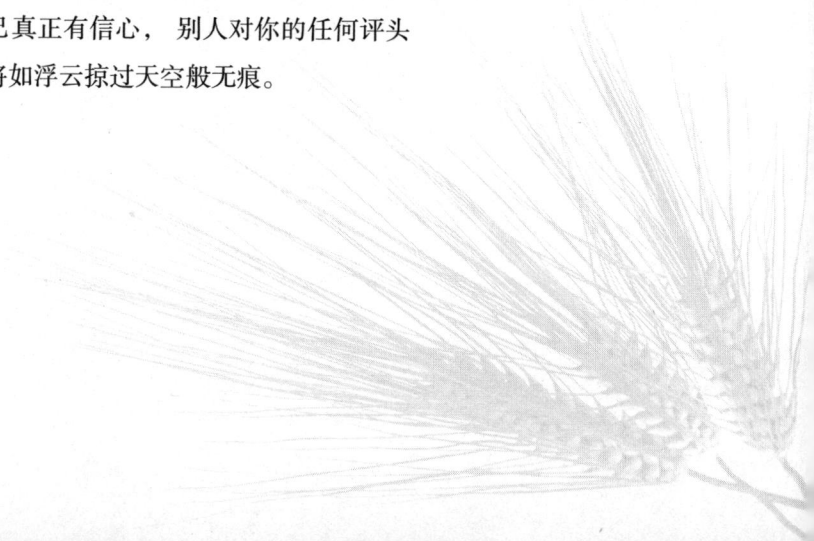

997 经历是年龄无法逾越的障碍。

998 懊悔是醒悟这本书的第一页，关键是看你是否
继续翻阅。

999 屋子里的人，永远不知道屋子外面是怎么回事。

1000 自己的痒还得靠自己抓。

1001 伟人常用慈祥来衬托他的伟大。

1002 逆境时，人会变得异常敏感，顺境时反而特别
迟钝。

1003 太嘈杂的祈祷，连上帝都听不见。

1004　把握好现实，就不用去担心未来。

1005　太希望别人理解，实际是不理解别人。

1006　在情感上，漠视就是最大报复。

1007　真正的享受，绝对不会单纯来源于物质。

1008　把工作仅仅作为一种谋生手段的人，既无法从
　　　中获得享受，更不可能有所创造。

1009　物质在腐烂之前通常会首先发热。

1010　经验只不过是告诉你解决问题的方法而已。

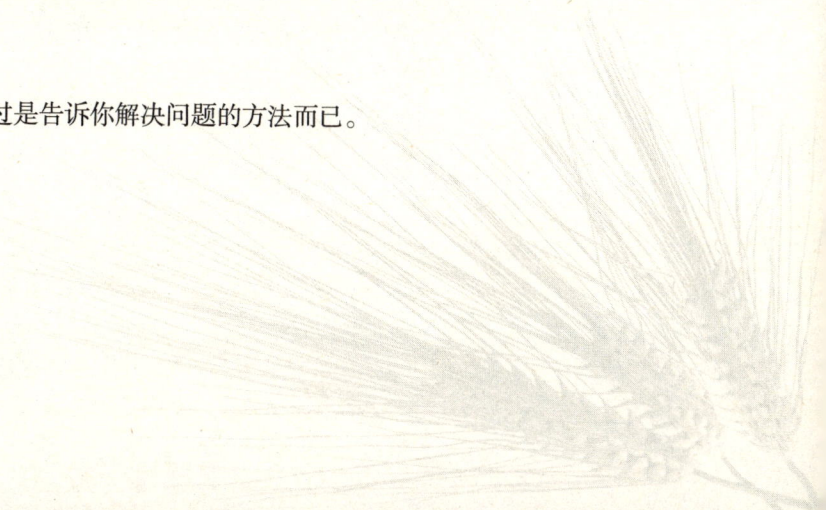

1011　要想超越别人，只能是你比他做得更好，而不能去依赖他比你做得更差。

1012　本性的最初冲动都是正确的，错误主要是在完成这些冲动时手段的选择失误罢了。

1013　由于我们无法拯救自己，于是反而时常萌发出许多想拯救世界的念头。

1014　冷静下来，人们就会惊讶地发现，许多能让我们亢奋的拼搏，竟然会像在森林中迷路一样，只是在一个小小的圆圈里盘旋。

1015　帮助别人，只会对自己有益。

1016 痛苦之所以成为痛苦，是因为那刻骨铭心的伤
害总是在我们毫无思想准备时降临。

1017 维持现状，只能是滋长那些你不满意的那一部
分现状而已。

1018 女人的报复最能击中男人要害。

1019 情感的伤害是任何物质也无法弥补的。

1020 真理往往是随口说出来的。

1021 好男人永远与好女人无缘。

1022 感动与被感动都只产生感情，而非爱情。

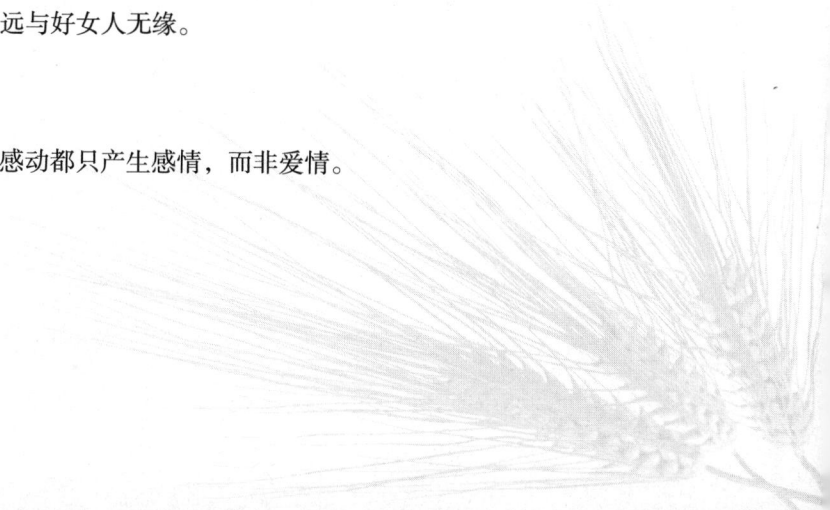

1023　有钱或无钱的男人都爱漂亮的女人，只不过是
　　　方式不一样而已。

1024　默默干自己想干的事，只要从中能找到乐趣，
　　　成不成功是另外一回事。

1025　一场大雨有时会改变一个渡口。

1026　应酬的微笑不是不真诚，而是真诚的时间太短。

1027　不论是来自天上的严寒还是来自地下的温暖，
　　　都可以掌握树的命运。

1028　得不到大地的默许，泉水永远只能在黑暗中弹
　　　着无弦琴。

1029 牵挂比爱慕更折磨人。

1030 装饰除了美之外，更主要的是能改变我们的心情。

1031 假如相互理解了，也许连我们的敌人也会让我
们尊重。

1032 歌声是视线之外最好的向导。

1033 爱好常常无意识地为你自己建立了一个天堂。

1034 当一个远大的目标确立之后，谎言有时也会是
真实的。

1035　生是一种运动，也是一种停止；死是一种停
　　　止，也是一种运动。

1036　对于渴望而言，欣赏往往是一种堕落。

1037　没有选择，势必无法淘汰。

1038　浮躁的灵魂，无法享受大自然的玄妙。

1039　理解了花朵对于季节的忠贞，你就能听到蓓蕾
　　　的絮语。

1040　随势力而来的尊重，必然随势力而去。

1041　享受，同样也是需要有思想准备的。

1042　幽默的钥匙能开启天堂的大门。

1043　改变一个人，比塑造一个人要难无数倍。

1044　人们在回忆梦境的时候，也许正在梦境之中。

1045　现实中得不到的，梦境中依然得不到。

1046　刻意想忘记的，正是那些忘不掉的。

1047　坦荡终将美丽。

1048　当我们的双翼还未丰满时，诱人的春风却时常
　　　吹拂着我们。

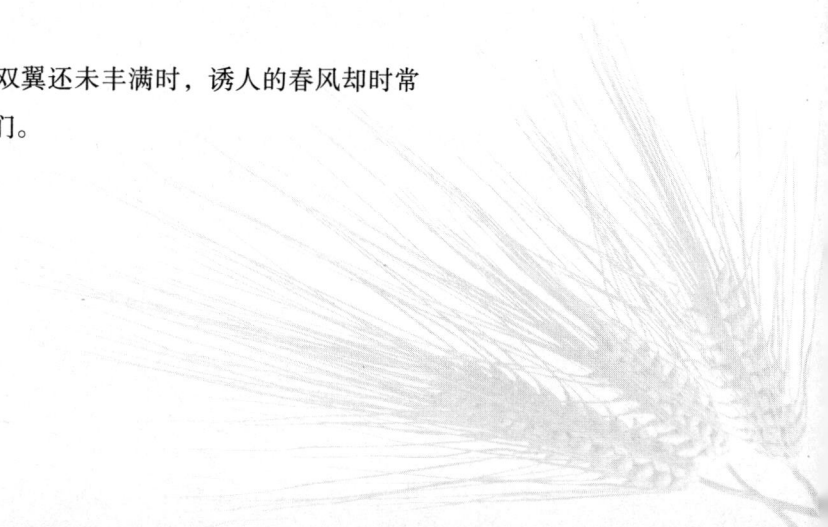

1049 宇宙太神秘了，无数的星星似乎都在给我们某
　　　种暗示，谁又能理解？

1050 理想虽然如旭日般高照，我们却常常在选择的
　　　路上迷航。

1051 理想的白帆总是朝着现实的方向背道而驰。

1052 没有钱，我们无法生活；有了钱，我们却又不
　　　知道如何享受生活。

1053 女人的聪明是天生的，女人的愚笨却往往是男
　　　人造就的。

1054 同时做两个梦的人无法入眠。

1055　以挑剔的方式去完善别人，通常是不容易被人
　　　当时接受的。

1056　我们评价历史时，我们自己已经成为历史。

1057　贫穷，有时足可以毁掉一个人。

1058　女人只要做出无能之状，男人便心甘情愿被其
　　　操纵。

1059　音乐如月光，是人类共有的财富。

1060　女人穿衣服，其实大都还是给女人自己看的。

1061　潇洒有时只是心灵的一种感受。

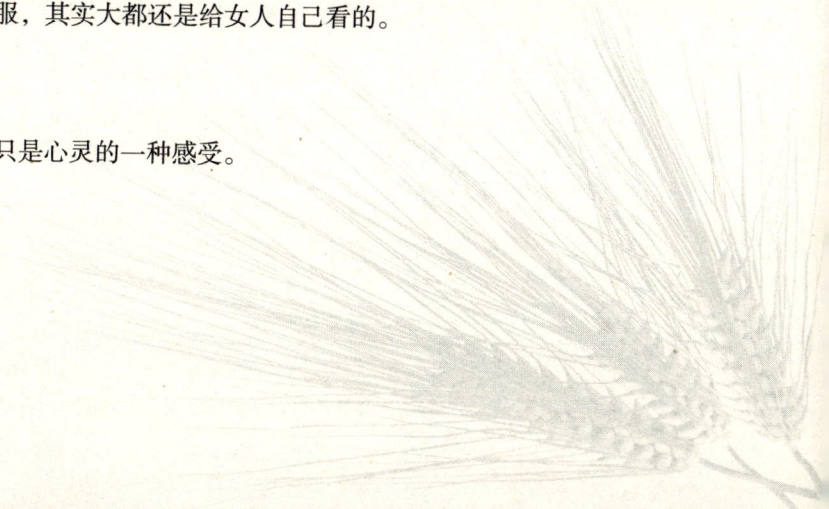

1062 家庭的温馨，有时不是靠语言，而是氛围。

1063 下决心去做好一件事，一旦真的做成了，又会有一种莫名其妙的失落感。

1064 智慧能使漂亮女人对你感兴趣。

1065 人们的智慧都是为他们自己目标而产生的。

1066 好女人是天生的，好男人都是后天培养的。

1067 假如没有幸福可言，我宁可选择探索中的痛苦，而绝不要宁静中的贫庸。

1068 男人有时只需要精神上的安慰，而女人却永远
是精神与物质缺一不可。

167

1069 喜欢提意见的顾客，永远是商家最好的朋友。

1070 创意大都来源于那些不合群的人。

1071 孩子学会了走路，大人撒不撒手，那都是迟早
的问题了。

1071 人生最大的财富就是依靠自己的思索而产生的
智慧。

1072 即便是幻想，只要把它当真了，就有实现的机会。

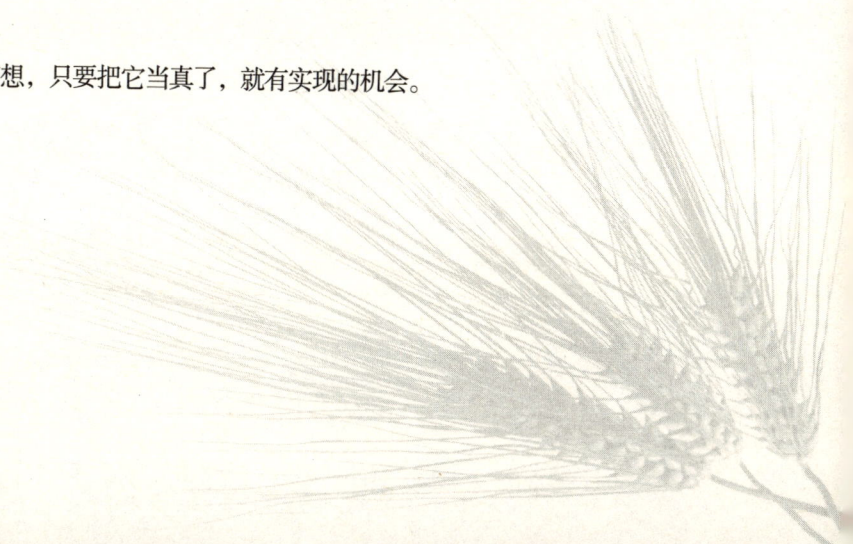

1073　不切实际的白日梦，事实上暂时打开了通向未来的一扇天窗。

1074　领导的目的，就是影响他的部下一起达到他设计的目标。

1075　在有些事情上，只想不做，也许也不失为一种质朴的品质。

1076　选择前有千种可能，选择后只能是唯一。

1077　再好的演员，仅靠演技是无法表现出一个人灵魂的。

1078　大多数人的忏悔，都是把责任推给别人，或者是以前的自己。

1079 人总有独立而无人知晓的一面。

1080 爱常让当局者自然领会。

1081 灵魂可以完美，人生绝不。

1082 爱一个人只有在心里是自由的。

1083 记忆如一颗种子，常在现实的阳光中发芽。

1084 对于有些人而言，成功有时更是一件可怕的事情。

1085 人生最大的满足有时就是对自己的认可。

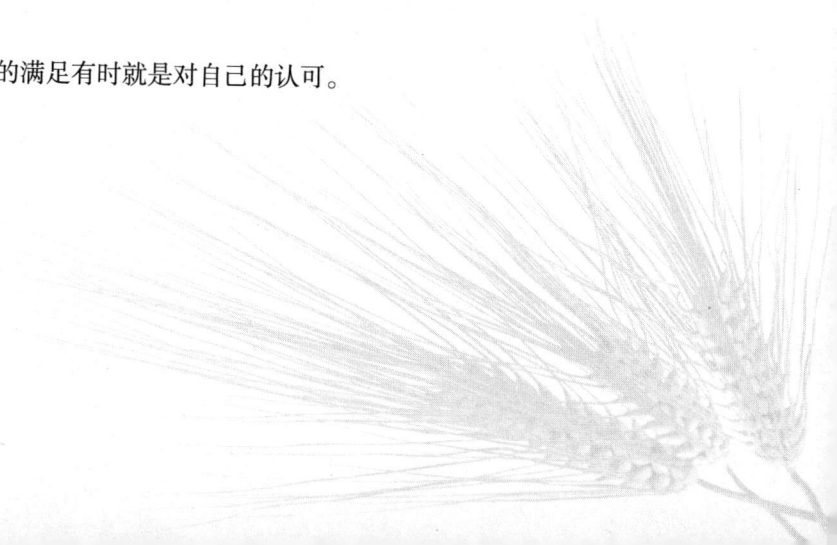

1086 失败是引领你成功的天使。

1087 生命的神圣就是这一生无论你怎样过，结束时都会后悔。

1088 打理生活比打理钱财更为重要。

1089 因循守旧者，往往与财富无缘。

1090 从自己的优势起点，更容易成功。

1091 机会往往蕴藏在微不足道的角落里。

1092 疾病才是身体最真挚的朋友。

1093 反对者一旦转变为追随者后，他们的表现往往比最初的追随者更加激进。但只要稍加观察，你就能看出他的拙劣来。

1094 幸福只是需要参照物的一种感觉而已。

1095 没有失去就没有幸福。

1096 在我们的行程中，话说得多的人往往最容易掉队。

1097 心灵的自由与思想的尊严是人类最容易获得而又最难获得的追求。

1098 好孩子是在欣赏中成长的。

1099　没有教育不好的儿童，只要你能够发现他们的
　　　微小进步并给予肯定。

1100　记在心里的事情，不需要常挂在嘴上。

1101　政治的流言从不含有一丝善意。

1102　来的时候不一定要好心情，但走的时候一定要
　　　带着好心情。

1103　从孩子嘴里提出的问题，往往最难回答。

1104　我们在帮助别人时，真正受益的人往往是自己，
　　　可悲的是这点往往大多数人一辈子都不知道。

1105　情敌通常都会在时光的斡旋下彻底和解的。

1106　婚姻最大的威胁有时就是因为没有情致。

1107　习惯性的错误是很难纠正的。

1108　权威往往替代技能。

1109　因为权势能够带来精神和物质上的享受，因而许多自认为能够竞争的人都会去拼搏，甚至那些人们普遍不看好的人也会去竞争，而且他们往往会出人意料地成功。

1110　权利带来的东西一定会被权利带走，人们不是意识不到，而是抵御不了。

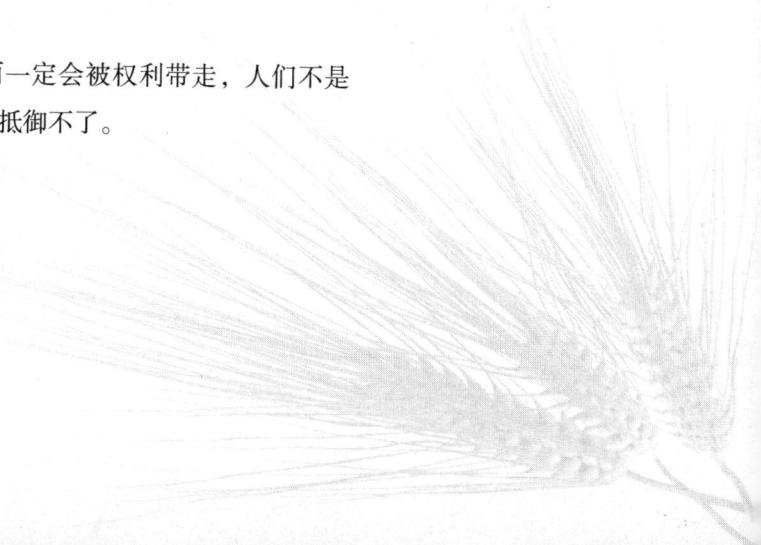

1111　并非所有的坏事都能变为好事，运气中的大部分
都是必然，只不过这种必然你尚未认识到而已。

1112　微笑可以拉近心灵的距离。

1113　站着不动，所有的道路终将成为牢房。

1114　每一个人的爱情能量都是有限的。

1115　人生能找到一个与之心灵共舞的异性，你的精
神将终生在乐园中畅游。

1116　即便是把佛放在心灵，也需要常拿出来拜拜。

1117　生活都是由自己选择的，幸福是需要你自己去追求的，而不幸也并非是别人强加在你头上的。

1118　爱上一棵树，意味着可能就要放弃一片森林。

1119　心境的苦与乐大部分是主观的。

1120　你的兴趣就是你干事业的资本。

1121　真正骄傲的人，你可能看不出他的骄傲。

1122　往前走谁都知道，什么时候该拐弯，恐怕就没有多少人知道了。

1123　迈不出昨天的门槛，永远也进不了明天的大门。

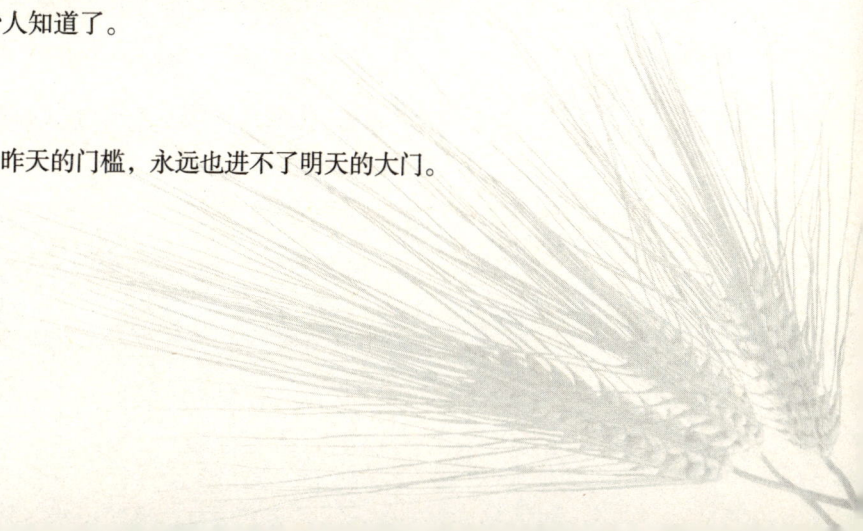

1124　生活本身就是最好的素材，在平凡的生活中去寻找和发现机会，也许就是一个人事业成败的关键。

1125　当遇到挫折时，我们应该往最坏处去想，也许心情就会豁然开朗。

1126　有许多事情我们不去试，就不会知道结果。可是一试，就要付出代价。

1127　年龄越大的人，就越容易归顺。

1128　爱如一盏灯，照亮别人的同时也照亮自己。

1129　追悔，对自己只是遗憾，对别人却是一种借鉴。

1130　面对外面的世界，我们需要面子；面对自己的
　　　心灵，我们则需要镜子。

177

1131　因为常被环境左右，所以我们才与成功失之
　　　交臂。

1132　要想成功，除了知识、毅力外，有时往往就看
　　　你是否自信。

1133　美是一种不带偏见的融洽与和谐。

1134　完美，就是一种合力作用下的丰富。不完美，
　　　使美有了生命力。

1135　崇拜常常会造成我们新思维的窒息。

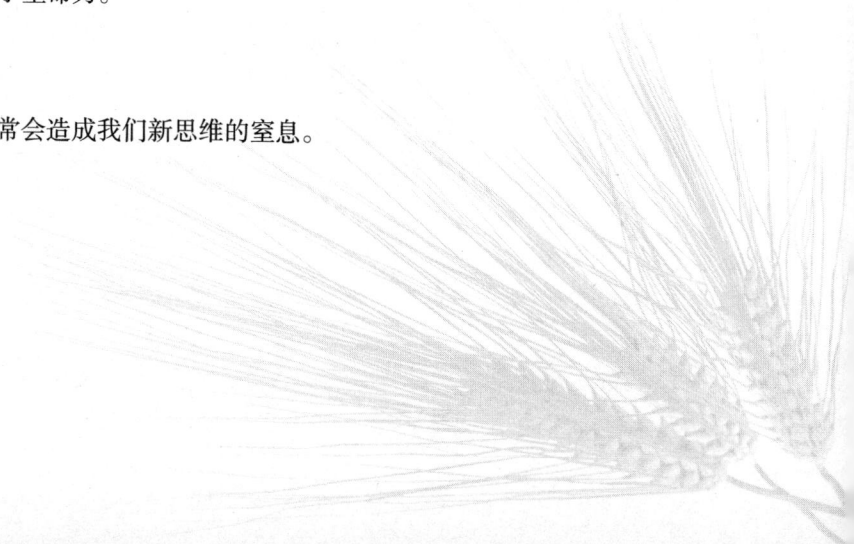

1136　培养合格的孩子，实际上应从寻求合格的母亲
　　　开始。

1137　有时想象中的东西，比实际要有趣得多。

1138　一件艺术品，总有一些令人神往的地方。

1139　真正能伤害你的，恰恰是你最喜欢的人。

1140　只有失败的经验，才能避免许多错误。

1141　一个不真诚的人，无论做任何事，都不可能达
　　　到顶峰。

1142　没有力量，速度无从谈起。

1143 能受委屈是另外一种本事，甚至是一种一般人
      不能具备的本事。

1144 两个都很聪明的男女生活在一起是很难幸福的，因
      为灵魂无法躲藏，两个人总有一个人会觉得很累。

1145 建立在互相利用基础的爱情或友情，都经不起
      时间的消磨。

1146 一个异性的出现，对另一个异性而言，也许就
      是生活对他们长期虔诚期待的回报。

1147 挑不出毛病的人，一点也不招人喜欢。

1148 混乱使人无拘无束，人们便期待着新秩序的建立。

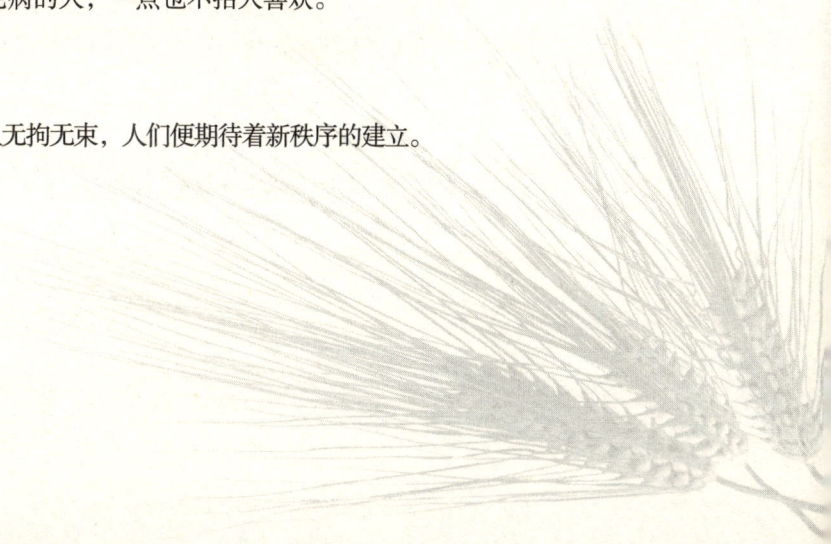

1149　打而不垮或打而不倒，都将面临更加疯狂的报复。

1150　任何技巧，永远无法完成传世之作。

1151　伟大都是熬出来的。

1152　生活总是现实的。同样是悬崖，有人用来自尽，有人用来蹦极。

1153　人生的危险，基本来自内心。

1154　为什么我在想你，那是因为你也在想我。

1155　怜悯与善良都与金钱无关，只要一颗平凡的心。

1156 放弃是最简单的成功，所以大部分人都能做到。

1157 带仇恨的竞争注定失败。

1158 人们最后留在世界的，一定是曾经做过什么而不是说过什么。

1159 机会就是大多数人都看不见的东西，而你看见了并紧紧抓住。

1160 瞬间的灵感源于生活长期的沉淀，虽然大部分是在你不知晓得情况下完成的。

1161 免费的东西往往最贵。

1162　抱怨是最微弱的反抗。

1163　你担心什么事情，什么事情就有可能发生。

1164　人的一生总是在维持中完成的，只是大部分人
　　　的维持与年龄总是成正比的。如若超前，小时
　　　则神童，长大则伟人。

1165　如果我们周围的人都沐浴在春风里的话，那我
　　　们自己就一定会生活在阳光里。

1166　你真心的微笑，将是你终生取之不尽的财富。

1167　在新的环境里，我们往往是先认识别人，再认
　　　识自己。

1168 你的现在正在成为你以后的经历。

1169 人生所有的路都是自己走出来的，只要你的每
一步都是踏实的。

1170 当你已经感觉到熟悉了环境，其实你已经开始
热爱这个环境。

1171 即使有人为你做了一件微不足道的事，也别忘了
去感谢他。不吝啬赞美，才会得到更多的赞美。

1172 没有得到真正的爱，你就永远不会失恋。

1173 这个世界从来就没有完美的女人，因为这个世
界从来就没有产生过完美的男人。

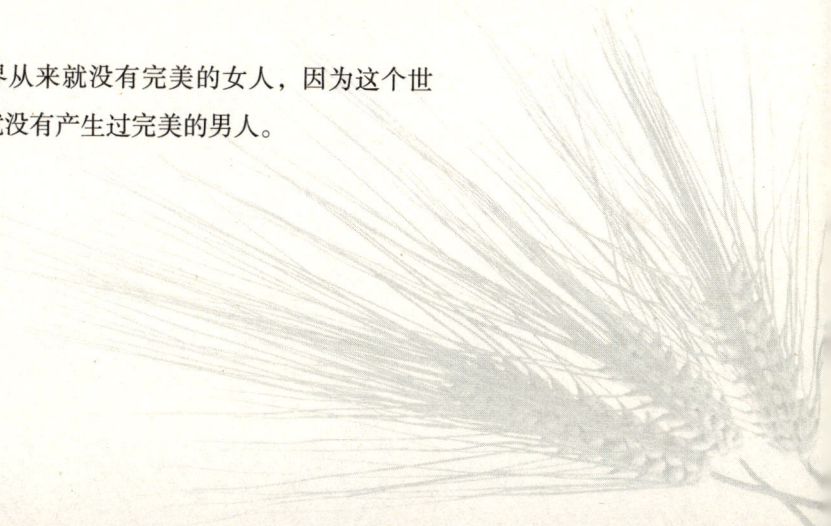

1174　婚姻是需要经营的，爱情是需要维系的。对两
　　　者的付出，回报永远是丰厚的。

1175　爱与被爱，你终将感受到情感的折磨。

1176　虚荣是人的本能，女人表露更为明显。

1177　我们面临的世界都是同一个季节，只是每个人
　　　穿的衣服不同罢了。

1178　死亡与睡眠相似，只是看你能否入梦。

诗意人生

陈　珑

一个人的一生该如何度过？岁月如梭，你将怎样把自己心中的蓝图一经一纬、一丝一缕亲手编织出来？光阴似箭，你究竟瞄准了靶心否？箭在发出的那一刻，你是否在心中计算过光距风速，还有那与生俱来的种种私心杂念此刻真的全摒弃了吗？人生如梦，一枕黄粱；饭香犹在，美景全无。人生一辈子能否给自己也给这世上留下一些什么？尽管在历史的长河中我们很有可能连一滴水珠都不是。

十四年圆了一个作家梦

童年许多事情已经淡忘，但还记得小时候吃得最香的一顿饭是母亲把饭里的干霉红薯丝挑出来，加了一小勺猪油，倒了一点酱油拌出来的饭。那天我被评为小学一年级"三好学生"。兄弟姐妹六个穿衣、吃饭、上学的负担实在是太重了，父亲不得不辞去了公职，自己单干。因而在"文化大革命"后期全家以城镇居民的身份下放到了武宁县一个大山沟里的小村庄，那是一个叫清江公社龙石大队第一生产队又叫付家的穷乡僻壤，此地离修水更近。一待就是五年，什么甜酸苦辣都尝过，基本上已经不记得自己是城市里来的。除了生活比他们更加艰苦，就是家里有一小木箱的书。我就以这箱书为伴，从上面看到下面，再从下面看到上面。最终家有藏书还是被"五七"大军的排长知道了，大部分被他"借"走。幸好留下的几本书中，还有一本旧的《新华字典》，我便从头到尾通读了两遍，并且按照自己当时的兴趣进行了分类。我们所在的生产小队每天的工分值是二毛七分钱，那是十分工。我们那时才十一二岁，生产队照顾我们，给我算了三分半工，从天亮做到天黑，大约不到一毛钱。连续一个星期，三餐见不到一粒米那是常有的事。有一次我生病了，发烧后不想吃饭。母亲便问我想吃什么？我大胆地说："想吃面。"母亲便去菜园里拔了两三根大蒜，不知从哪里摸出一筒面来，放了一大勺自己磨的辣椒酱。两大海碗的面带汤，在母亲的关注下，转眼就被我吃得精光，连汤都喝完，病就这样好了。"这辈子只要有一碗白米饭吃就足够了。"十三岁时说的一句话，让我这辈子无论处在什么环境下都不会去奢侈，也不敢去奢侈。

记得三岁半的时候，我就可以把全家人的姓名写出来，五岁的时候就可以陪邻居一个七十多岁的张公公打扑克。夏日在外乘凉时，一张竹床上，一老一小，认真较量，成了老街坊的一道风景。八岁时遇上大人们打麻将三缺一时，我还可以顶个角。五岁半时我就考上了一年级，因而从小就养成了一个习惯，只与比自己年龄大的人在一起玩。许多年过去了，我都习惯仰着头与别人说话。

大约是受了祖父的影响，他老人家饱读诗书之后，最终选择了中医职业。新中国成立前他曾任九江中医公会会长，琴棋书画样样精通。虽然儿辈孙辈也算是出了几个名人，但论真才实学，加起来或许都抵他老人家不上。父亲劳作之余练练毛笔字，写点小文章，写的新闻稿据他说还在市广播站广播过。刚满十一岁的我，一次偶然看到了父亲自己写的诗后，觉得不押韵，居然不知深浅帮他改了起来，结果还得到了他老人家的赞许，心中不由得高兴了几天。

从上初中的第一篇作文开始，我写出来的作文，就一直是班上的范文。语文老师在课堂上朗诵的作文十有八九是我的。在我读高一时，就在全年级讲如何写作文。至今还记得十五岁的我在当时闻名九江地区的"草棚中学"总结出来的"五多"——多看、多想、多写、多问、多抄，还得到了当时从省城南昌下放来的教授老师的表扬。

一九七三年，因落实政策全家返回了九江市区，但原来的公房早已因交不起一个月一块多钱的房租而给了别人。全家只好化整为零，一家一个或两个地借住在亲戚家，我只能睡在一张九斗柜上。当时还写了首自嘲诗："夜卧九斗柜，日穿百衲衣，心有凌云志，终有满腹诗。"父亲那时已经五十多岁了，一时无生活来源。高一尚未读完的我，只有好辍学在家，白天帮亲戚挑水做饭，晚上读唐诗宋词。好在不久就托人找了一份临时工做，一天下来还可以拿到一块二毛五分钱。

翻阅当年的日记，我曾发过这样的誓言：今生最大的理想就是做一个记者或作家。从此我每天的道路基本就是三点一线：上班认真工作，回家吃饭帮做些家务，晚上或休息时就去图书馆看书。我常带着本子在图书馆抄写，自己给它起了一个名字，叫"集珍"。几年下来，抄写了十几本。五年后，九江市的文艺橱窗里开始经常出现我的名字。七年后我成了市文学协会最年轻的会员，并出席了"文革"后九江市第一次文学艺术界代表大会，而且是文学界最年轻的代表。当时市里唯一的文学橱窗"烟水亭"给我出了专版，钟祖基老师还以"唐石"为笔名专门配发了一版诗评。八年后江西省文学期刊《星火》杂志一九八一年第一期在"诗坛新星"栏目中推出了十颗新星，我是其中一颗。十一年后我被著名散文诗作家李耕先生推荐，成了中国散文诗学会的会员。十四年后我被批准加入了中国作家协会江西分会。此前我已经担任了市作协理事、诗歌创作委员会副主任，按当时的正规说法，我就成了作家。这期间，我已先后在省内外报刊发表了诗歌、小说、散文、评论等三百多篇，并多次获奖。当我以高一未读完的身份走上市文学讲习班的讲坛时，我已在多家大专院校文学社讲述诗歌创作的体会，并且颇受欢迎。至今仍有不少的文学爱好者，其中不乏有人已经进入政坛，当了领导，见面仍叫我陈老师。有些人至今仍活跃在文坛，写出作品还常谦虚地让我指正，让人感慨。在这段生活中，我要特别感谢我的叔叔陈迟，一个老新闻工作者，曾担任过《解放日报》副总编、高级编辑，享受国务院津贴。当我立志要当作家后，经常给他写信，诉说心中的理想。他总是不厌其烦地给我回信，并且亲笔帮我修改信中的错字病句，甚至还在信纸的空白处写道：假如你能把我为你修改的信留下来，自己经常看看，也敢于给别人看，那你一定会有进步的。这封信至今我还保留在书柜里，偶尔找出来再读一遍，仍会感恩叔叔的教诲。

做重复的事是为了能盘旋上升

作家的头衔、诗人的打扮。年轻时的我极瘦，偶尔长发披肩，长年留着胡须，却"少年已知愁滋味"了。人活着总是要吃饭的。于是，从挑泥桶的小工到工艺美术厂的雕刻工，从养猪的饲养员到食品公司的营业员我都做过。直到有一天因我哥哥不愿意去有毒有害的环境里工作，我便顶了他的名去了九江化工厂做季节工，就是做满三个月就要重签合同或者走人的那种。这期间我居然还帮哥哥拿过几张奖状，不久就把名字改过来了。我从农药一车间到农药二车间，从拖板车到操作工直到转为正式工。我入了团，当选为车间团支部宣传委员、副书记、书记，一转正就当了班长。为了怕我这个学徒工指挥不了全盘，车间还给我配了一个一九五八年进厂的老员工做我的顾问。这个顾问恰好是我一个老邻居，当时也算是破了例。那个当年给我配顾问的车间主任姓王，如今已经作古了。我对他最大的感谢就是给他找了一个在房管所做事的文友，帮他那破旧的公房捡了一次瓦。为此事他看见我就发烟，说他老婆再不会因为做梦被淋湿了雨而惊醒，一觉醒来摸摸枕头是干的就夸他能干，搞得他红光满面，犹如家中有功之臣。

化学的东西就是这样奇妙，一样的环境，一样的温度，只要其中的某个分子稍微活跃一点，生产出来的产品就有可能是一级品或二级品甚至可能是次品，价格便相差甚远。那时我还是一个每天上着三班倒的合成操作工，时间一长，我便自己开始琢磨起来。按操作规定，

189

反应塔里的温度是一小时记录一次，有的工人甚至两三小时才记一次。我便五分钟开始记一次，观察其细微变化，随时调整配比。几个回合下来，还真摸出一点门道，产出一级品的概率越来越高。大概也是命运的安排，就在我成天乐于实验的过程中，有次正好碰见了厂长来巡查。他是一个老化工，老劳模，他一见到我对表上的温度详细变化的记录时，不由喜出望外，与我交谈了很久，并一再叮嘱我要好好干下去。也许是命运的又一次青睐吧，在一次团干座谈会上，党委书记听了我的发言后把我留了下来，要我为他个人策划给他老领导送寿礼的事。他不仅采纳了我的建议，而且还采用了我为他老领导写的一首祝寿诗。一次偶然的机会，我被借调到厂团委来工作了，不久就正式调到厂团委担任团委干事。当时的九江化工厂已有四千多工人，领导子女不少，像我这样一个从最差车间出来，又无任何背景的三班倒工人能去团委工作，恐怕在当时又是破天荒了。

七年三班倒的日子结束了，我成了一个专职团干，眼前的路完全是陌生的。经过几个月的熟悉和探索，我想起在车间工作时曾为当时的一个质量管理又称QC工作成果写过一篇新闻稿，还在《九江日报》发表了。那么思想政治工作能否与质量管理工作相结合，把无形的思想政治工作有形化，走出一条新路子来。团委一班人说干就干，在党委的大力支持下，此项成果一经发表，即获好评，并在省、市获奖。当时主管工业的梁副省长在全省QC成果经验交流大会上专门表扬，《江西青年报》头版头条报道，《中国青年报》还把此项成果作为江西省团委当年的工作三大成果之一刊登出来。几年团委工作，我除了获得"九江市新长征突击手"、"江西省自学成才标兵"等荣誉之外，还当选为"九江市青年文学协会"副主席、九江市青联委员、《九江青年》杂志特约编辑等，成了市团委机关的常客，当时市团委的诸多团干成了我终生的朋友。为了我在团委工作时的职务问题，团市委先后有五位书记亲自来厂里找领导为我力荐，感人之深，没齿难忘。

用诗的灵感去做事

一九九一年夏季，因陪姐姐去看望在深圳当边防武警的外甥，第一次利用公休去了特区。说起来人生真的会有太多的巧合。我的一个小侄儿在深圳工作，姑姑和叔叔来了，当然要尽地主之谊。我吃饭时无意问起是否有九江人在深圳做得比较强，侄儿说他有一个结拜的大哥做得不错。我随口一问，原来是我在九江认识的一个朋友，叫吕腾，如今事业已经跨出国门，是一个颇有实力的企业家，当年尊称我为大哥。他在深圳曾三进三出，事业并无起色，百般无奈。回九江后曾提着一瓶葡萄酒，拿着一包卤菜来我曾住在延支山下的一间小黑房里闲聊。我也毫无办法，只是鼓励了几句"什么事不过三"、"再去一次试试，说不定就成功了"等等无关痛痒的话。说来真是奇怪，不久他又去了一次深圳，这次居然百事百顺。从前半年登门都办不成的业务，这次一个电话就办好了。很快事业就开始起步，不久户口就落到深圳去了。这次听说我来了，他立即赶来请我吃饭，还特意送了一条我从未抽过的烟给我。最为可贵的是他与我说的一番肺腑之言：

"大哥，我们都能在深圳待下来，何况是你。"一句话让我醍醐灌顶，思绪万千。十几年来，在九江我多少也算是一个名人了，成天被尊为师长。住房却只有十二平方米，下雨就要接漏，白天必须开灯，上个厕所要走好几百米远的路。要是来了朋友多喝了几瓶啤酒，往往就是刚走回来，又要走出去，有时还要离座找客人。如此时间长了，虽然来往鸿儒，白丁皆有，毕竟空间狭小多有不便，心中常存愧意。当时莫说买房的念头没有，婚后连存折都未见过，倒欠了近一千元的外债。此时听了朋友一番话，心中暗生"下海"之意。回来后整理作品，汇编成册。因为沾了省作协会员的光，文联签了意见，盖上宣传部的大印，便请了一年创作假，直奔深圳。那是一九九二年七月十二日。走时女儿送我，三岁未满，如今她已在深圳成家立业，并且是两个孩子的妈妈了。女婿继承了湖南人勤奋好学、乐观向上的性格，家庭生活其乐融融，让人欣慰。那天她天真地与我握别，只知道爸爸出差了。奔腾的火车开得实在是平稳，连我眼眶边的泪珠都没有颠下来。

从深圳市场找了近半个月的工作，终于上班了。天天从蛇口工业区骑自行车到宝安县城上班（相隔大约三十公里），实在不方便。后来就每天晚上睡办公桌，早晨起来抹桌子、拖地、烧开水。开完晨会后，我就开始外出采访。一九九三年，我认识了当时宝安县中国银行的吴宾行长。那天正好下着小雨，在他的办公室里坐了一个多小时，谈话内容无非是闲聊，只记得他说曾经喜欢抽一种叫"茶花"的香烟。过几天外出采访中，我无意中碰到了一个烟摊有"茶花"烟卖，便买了一条送给他，让他感到有些意外。那天我们聊得非常投缘。中午时他请我在外面吃饭，席间他说：他的银行有四百多个员工，他在外也有很多朋友，没有一个人能理解他的内心世界，而我却理解。从此我们便成了莫逆之交。这是我来深圳之后，由缘分而交的第一个朋友。他现在已是省行的领导，我们至今还在交往。一九九四年七月，在我来深圳刚好两年的时候，我在九江购买了自己生平的第一套商品房。其实当时手头上仅有首期款二万元，那时还不能按揭，余下的五万多元要在半年内付清，装修款就更无从谈起了。深圳真是一个神奇的地方，由于一个奇思妙想的成功实施，我就把购房、装修的钱一月之中赚回来了，还交了不少的朋友，许多政府官员不仅认同我，还邀请我与他们合作。我来深圳的第一份工作是《深圳青年》杂志社宝安记者站的一名记者，这也曾是我少年时代的梦想之一。

点亮自己有时也是为了照亮别人

当记者最大的好处就是可以广交朋友，但交朋友的过程中，许许多多的资源如何组合，其中就大有文章。做记者时我结识了深圳富源公司的董事长缪寿良，一年交往下来，我常与他促膝谈心，从不涉及金钱，常常吟诗作对，因而无拘无束，潇洒自如。我与缪寿良每周基本有三个晚上要进行无主题式谈话，时间是以他一包烟，我一包烟，另外还有一包公烟抽完为止，中途还要喝很多很浓的茶。第二天照常上班，精神反而百倍。之前常常听缪寿良讲故事，讲他的奋斗史，每次都会被他激励得热血沸腾。不久我就去了他的公司工作，从秘书、办公室主任、总裁助理到副总裁。一直以来我就在思考如何利用自己的专长，为这个公司及董事长本人策划出一个与他人不同的全新的形象，为此写了不少有关缪寿良的文章。不到两年，缪寿良就陆续当选为"深圳市十大杰出青年企业家"，市总商会副会长，省、市、区政协委员等，后来还成功增选为全国政协委员，至今在福布斯中国富翁排行榜上连续露了几十次脸了。转眼我在这个集团公司工作了六个年头。六年的朝夕相处，六年的肝胆相照，六年的拼搏奋斗，六年的历练实践，让我生产生了质的变化，我觉得我应该回九江去，为家乡、为家人做点什么。经再三请求辞职终于获得批准，再花费了一个多月的时间把所有遗留的事情全部处理完毕，心情复杂地离开。在我临别的时候，集团公司专门为我开了一个欢送会。我送给富源集团的临别礼物是《缪寿良谈话录》，这是我发自内心对一个与命运决斗的企业家的崇拜与敬仰，它真实地记载了缪寿良在深圳创业的思想历程。他那淳朴的性格，藐视一切的气质，顽强的意志，像英雄一般的奋斗精神，让我身不由己地拿起了笔，在他毫不知情的情况下，记录了他在不同场合说的话，有的甚至是记在香烟盒上或写在手上。在全体管理人员面前，缪寿良董事长说的三句话至今仍回响在我耳边：陈总为我们公司也为我这个家族做出了任何人都无法替代的贡献；他永远是我们集团的荣誉员工；什么时候想回来，副总裁的位置都留给他。这个如兄长般的人生楷模，像灯塔般照耀着我人生前进的方向。

永远在路上只是自己的秉性

深圳高效率的工作、高节奏的生活，让我无法平静下来。不久我在九江收购了一家酒吧百分之五十三的股份，自己当了董事长。在朋友们的支持和帮助下，酒吧还挂上了"公安局重点保护单位"的牌匾。闲来无事坐在酒吧时做了一件事，就是把所有能想得起来的朋友陆续都请到酒吧吃饭喝酒，把盏叙旧，畅饮抒怀，自尊心真的得到了几分满足。几年以后来九江投资的人多了，装潢的档次也越来越高，加上酒吧这个地方总还是会有些麻烦之事，便把它转让出去了。

从一个临时性的季节工变成了一个专职团干；从一个高一未读完的学生居然走上了大专院校的文学讲坛；从一个打工者成了一个集团公司的副总裁……人生真是奇怪，一不小心就成了别人仰慕的对象。从写诗开始到职业经理人到当老板，总会有人对我说，这辈子能有你这样的成就就满足了。想起来真让人诚惶诚恐，但我从心里感觉自己迄今为止还没有做成一件大事。以匡庐为邻，以长江为伴，如此的灵山秀水滋润着我。从祖父传下来的箫声中，我仿佛总能悟出什么。此时思绪信马由缰，我想起盛夏写作时，母亲在我身后为我扇风，严冬苦读时母亲为我泡上的一杯冰糖茶。我的父亲常常与我讲述家史，父亲遗留下来的那一本厚厚的自传，让我每读一次都会有泪水涌出，"勤笔免思"四个字就是他老人家送给我的终生财富。我的二哥尚秋至今仍收藏着我写的第一首诗，我的二姐陈珠因为我在深圳创业，基本承担了照顾父母的全部家务事。我的妻子胡慧婷，自己担任小学校长、市人大代表，却以她自己独特的方式，默默支持我的写作。还有我的儿女们，常常以爸爸是个诗人而骄傲……多少亲人的关怀，多少朋友的帮助，才让我有了这小小的出息，只到此刻仍说不出感激二字。

一个偶然的机会，我有幸结识了香港女企业家、教育家谢燕川女士，是她让我误闯进几乎完全陌生的幼教世界。几年来近乎废寝忘食地工作，"小金星"的品牌在九江已经家喻户晓，真的好有成就感。小金星国际教育集团从福建走向全国的第一家幼儿园就是由我参与公开竞标获得的九江市浔阳区小金星幼儿园。我从一个"光杆司令"做起，先后拓展了多家幼儿园。如今小金星国际教育集团已经在全国拥有了近一百五十家直营连锁幼儿园，我已是小金星国际教育集团的总裁助理兼区域行政总监，也算是又一次点亮了自己。

我总觉得一个人要想活出滋味来，先要有些真才实学，这是要花时间和精力的，当然年轻时去做这些效果更好；然后面对社会、面对现实要善于分析，善于总结，核心在于学以致用。要用真心去交些朋友，只亏不赚的事是没有人会去做的，无论是物质上的还是精神上的交流。有一副非常精辟的对联，我一直作为座右铭，那就是"与有肝胆人共事，从无字句处读书"。

二〇〇九年，我被增选为九江市浔阳区政协委员，至今已连任三届，深感鼓舞，倍受鞭策，这是责任，亦是使命。

说起来真的很有意思，我认识缪寿良，是因为我是记者。我们初相识时，他总是用一些诗词来试探我，好在当年的唐诗宋词没有白读，基本上都能对答出来。假如说我不是从小酷爱诗歌，也许就不会有在深圳初涉商海的经历。我的另一个挚友叫林启生，我们偶然相识后，常在一起谈话。有一次聊到中午意犹未尽，他就叫人送了两个盒饭，我们边吃边聊。饭后我点了一根烟，正对着他办公室墙上的一幅书法沉思时，林董就问我能看出什么？这是一幅叶帅写的诗，全诗只有二十个字。我说这个人出身于书香门第，年轻时才高气盛，事业十分顺畅，中年后因外界原因，事业基本停止，现在过着比较平稳的生活。林董睁大眼睛看着我又问：这个人年龄多大？我又点了一根烟，抽了两口说，五十到五十五之间。林董一拍桌子说，你说得太准了，他是我的舅哥，十几岁当兵，十几年做到了正团级。后来因为家庭的原因，转业回到地方，在一个比较清闲的局当副局长，他今年五十三岁。当时真的不知道我自己是怎样从一幅书法中能够看出一个人的一生的，难道是诗的灵感在指引我吗？现在想来仍觉得神奇。林董的事业越做越大，前几年我还在他公司的旭生美术馆里欣赏过他的书法作品。而介绍我认识谢燕川的，恰好也是一个诗人兼记者，他是我当年的诗友，如果不是诗歌为媒，也许就不会让我在幼教的行业里开始人生的另一段里程。而谢燕川董事长在执掌小金星国际教育集团之余，常会触景生情，写诗作曲，"小金星"许多原创歌曲，就是出于她的笔下。因而我们也会偶尔在一起畅谈文学，交流写作。真的要感谢缪斯之神，假如这一辈子不是热爱文艺，喜欢诗歌，也许我的人生就不会像现在这样斑斓多彩，跌宕起伏，而灵感始终如空气、阳光、水一般与我的生命同在，终生相随。

《拾穗集》是我从上世纪九十年代初开始写的，写作的地点在厨房兼书房的小黑屋里，戏称"厨斋"。陆陆续续写了二十多年，当年曾有老师阅读后认为有灵气，并说其中的大部分都可以展开来写，浓缩成箴言短句，有些浪费了灵感。中途还陆续发表过一些（已发表的基本未选），也曾获奖。有幸承蒙百花洲文艺出版社厚爱，为我出书，深感荣幸，虽然我早在八十年代就在《百花洲》杂志上发表过诗作。

以自己近年写的一首诗作为结尾：

少年寻诗书山游，春夏秋冬眼底收。观海方知天地阔，登山始觉壮志酬。且把真情润日月，自当光阴作朋友。待到岁月回眸笑，杨柳碧波荡轻舟。

男人的人生始于五十，我尚在读小学阶段，路还很长。记得我二伯父对我说的一句话：要好好读书。有爱、有朋友、有书读、能写作，还能喝喝酒、抽抽烟、听听音乐，偶尔还能下下棋、打打牌，此生足矣。

2018年11月5日